Hermann Baumgart

Goethes Geheimnisse und seine indischen Legenden

Hermann Baumgart

Goethes Geheimnisse und seine indischen Legenden

ISBN/EAN: 9783741124594

Hergestellt in Europa, USA, Kanada, Australien, Japan

Cover: Foto ©Andreas Hilbeck / pixelio.de

Manufactured and distributed by brebook publishing software
(www.brebook.com)

Hermann Baumgart

Goethes Geheimnisse und seine indischen Legenden

Goethes
„Geheimnisse"

und seine

„Indischen Legenden".

Von

Dr. Hermann Baumgart,

o. ö. Professor an der Universität zu Königsberg i. Pr.

Stuttgart 1895.

Verlag der J. G. Cotta'schen Buchhandlung
Nachfolger.

Druck der Union Deutsche Verlagsgesellschaft in Stuttgart.

Vorwort.

„Die romantische Poesie" sind die Stanzen be-
titelt, die Goethe zur Erklärung eines Maskenzuges
dichtete, den Geburtstag der Herzogin Luise von Weimar
am 30. Januar 1810 zu verherrlichen. Ein Herold führte
einen Minnesinger und einen Heldendichter herein, welche
„die vorüberziehenden, theils allegorischen, theils indivi-
duellen Gestalten ankündigten und erklärten". Es tritt
der „Norden" auf mit Siegfried und Brunhild; der
„Osten" ist vertreten durch König Rother, Otnit, den Riesen
Asprian; die Jahreszeiten erscheinen, Tanz, Spiel und
Jagd werden symbolisch aufgeführt; Recht und Ehre,
Liebe und Treue stellen sich dar, „Weltlich Regiment"
und „Geistlich Regiment", Kanzler und Klerikus fehlen
nicht in der Schar, die zuletzt der Zwerg Elberich ab-
schließt mit einer Stanze, die im „Räthsel" das diesen
allen Gemeinsame, sie zu einem Ganzen Verbindende
ausspricht:

Im Stillen aber herrschet über Diese,
    Und weit und breit, ein wundersames Haupt,
Scheinbar ein Kind und nach der Kraft ein Riese,
    Das Jeder leugnet, Jeder hofft und glaubt;

Der Welt gehört's so wie dem Paradiese,
Auch ist ihm Alles, ist ihm nichts erlaubt.
Verein' es nur in kindlichem Gemüthe:
Die Weisheit mit der Klugheit und der Güte.

Die Lösung des Rätsels liegt auf der Hand: es ist das
Wunder, das in der Weltanschauung des Mittelalters
eine so bedeutsame Rolle spielt, und worin dessen Poesie
lebt und webt. Die Form des Rätsels aber hat der
Dichter benutzt, um für den Begriff des Wunders die
schönste und treffendste Erläuterung zu geben; es ist dieselbe tiefsinnige und großartige Auffassung, die um fast
vier Jahrzehnte früher die Conception der „Geheimnisse" bewirkte.

Dem kindlichen Gemüt und dem Jugendzeitalter der
Völker entspringt das Wunder und vor dem philosophischen Urteil der gereisten Kultur kann es im eigentlichen
Sinne nicht bestehen; doch bewahrt es seine Riesenkräfte
in dem Reiche der Phantasie und vor allem des Gemütes.
In den Bezirken des Unbegreiflichen, dessen „Schleier
keine sterbliche Hand hebt", wo „wir nur rathen können
und meinen", herrschen die Mächte des Hoffens und des
Glaubens und nähren sich von der inneren Substanz des-
selben Wunders, dessen Anspruch auf geschichtliche Geltung die entwickelte Wissenschaft vernichtet. So erfüllt
das Unwirkliche mit seiner realen Macht alle Gebiete
des geschichtlichen Lebens so gut wie die von ihm er-
schaffenen Gebilde eines ideal verklärten Anfangs- und
Endzustandes: „der Welt gehört's so wie dem Paradiese";

und während es für das Erkennen nie und nirgends die geringste Geltung zu beanspruchen hat, behauptet es für das Handeln eine unüberwindliche Herrscherstellung. Eine willig verständnisvolle Auffassung vermag die scheinbar unverträglichen Gegensätze zu vereinen, wenn sie von der so klug als gütig bereiteten Hülle den Weisheitskern sondert, aus dem sie erwachsen ist.

Der Dichter der „Geheimnisse" stellte sich dem Verfasser der „Erziehung des Menschengeschlechts" zur Seite, „stand mit ihm auf seinem Hügel und staunte"; „in der unermeßlichen Ferne, die ein sanftes Abendroth seinem Blick weder ganz verhüllte noch ganz entdeckte", stellte sich ihm die Reihe von Bildern dar, die er in seinem „wunderbaren Liede" zu entrollen gedachte.

Was freilich die Deutung solcher Goethischen Dichtungen angeht, so gilt da ein Wort, das Lessing gelegentlich der sinnreichen Erklärung eines Epigramms der griechischen Anthologie gesprochen hat: „eine dergleichen Auslegung, weiß man wohl, kann auf keine strenge Art erwiesen werden: sondern der Leser, bei dem sie Glück machen soll, muß ihr mit seinem eigenen Gefühl zu Hülfe kommen."

Goethe betrachtete den religiösen Mythus als „Urphänomen" und ein solches bezeichnete er als „ideal-real-symbolisch-identisch"; und zwar nannte er es „ideal, als das letzte Erkennbare; real, als anerkannt; symbolisch, weil es alle Fälle begreift; identisch mit allen Fällen". Und wie er weiter über jene poetischmythischen Geheimnisse dachte, lehrt ein anderer Spruch: „Poesie deutet auf die Geheimnisse der Natur und sucht sie durch's Bild zu lösen. Philosophie deutet auf die Geheimnisse der Vernunft und sucht sie durch's Wort zu lösen. Mystik deutet auf die Geheimnisse der Natur und Vernunft und sucht sie durch Wort und Bild zu lösen."

Königsberg i. Pr., 5. Februar 1895.

H. B.

Inhalt.

I.

Der große Abschnitt, den in Goethes Leben die ita=
lienische Reise bildet, hat seine Bedeutung nicht sowohl
darin, daß sie ihm etwa neue Einsichten und überraschende
Aufschlüsse gewährte, als vielmehr in der Befestigung
und Bestätigung, die ihm jene erneuten Studienjahre für
schon gewonnene Erkenntnisse gewährten. Wie schon früher
von A. Schöll und neuerdings wieder von C. Harnack
es überzeugend und schön dargestellt ist: die zehn Weimarer
Jahre waren die fruchtreichste, die entscheidende Epoche
von Goethes Entwickelung, und am meisten gilt das von
der zweiten Hälfte, den achtziger Jahren. Das wieder=
holt und so trefflich Ausgesprochene soll hier nicht aufs
neue gesagt werden; die in der Weimarer Ausgabe nun
in zusammenhängender Reihenfolge sich darbietenden Briefe
gewähren mit erhöhter Lebendigkeit das Bild einer bei=
spiellosen, alles umfassenden, alles durchdringenden Geistes=
arbeit. Teilnehmend, anregend und fördernd umgeben
war Goethe dabei von dem engsten Freundeskreise. Welch
unvergleichliche Festesfeier höchster Seelenthätigkeit und
reichster Gedankenförderung an jenen intimen Abenden,
wo Goethe bei der Frau von Stein mit Herders und
mit Knebel sich zusammenfand, die fruchtbarste Produk=
tionskraft mit der feinsten Empfänglichkeit sich berührte!

Wo durch die belebenden Kräfte warmer Freundschaft, leidenschaftlicher, aber ideal verklärter Liebe zudem die Schwungkraft des Geistes und der Phantasie bis zum Wunderbaren gesteigert wurde! Auf dem Goldgrunde einer so veredelten Geselligkeit angeschaut, erscheint die zarte Zeichnung der Personen und der dramatischen Handlung im Tasso erst in ihrer vollen Deutlichkeit. Andrerseits fällt auf das Verhältnis Goethes zu der geliebten Freundin aus den gehaltvollen Dichtungen jener Tage ein bedeutsames Licht. Dem Stoff und der Anlage nach die großartigste darunter waren wohl ohne Frage „Die Geheimnisse"; aber auch was davon zu stande kam und uns überliefert ist, ragt mächtig hervor unter allem, was Goethe geschaffen hat.

Die Arbeit an dem Fragment der „Geheimnisse" beginnt nach den, namentlich in den Briefen an die Frau von Stein bestimmt und ausführlich vorliegenden Nachrichten im Hochsommer 1784 und schließt mit dem beginnenden Frühjahr 1785 ab. Aus jedem Worte dieser Zeugnisse tritt uns die Eigentümlichkeit des Gedichtes entgegen, die es von allen andern Goetheschen Dichtungen unterscheidet: daß es nämlich nicht allein Goethes eignes innerstes Denken und Sinnen abspiegelt, sondern, an den engen Freundeskreis sich wendend, gewissermaßen ein kollektives Zeugnis abgiebt von dem Inhalt und Ergebnis vertrautesten geistigen Ineinanderlebens. Eine Zwillingspflanze, auf demselben Boden erwachsen mit Herders „Ideen zur Philosophie der Geschichte", entfaltet das „wunderbare Lied" nicht allein die schönere Blüte, es senkt auch seine Wurzeln in eine weit größere Tiefe. Daher richtet es sich mit seinem Letzten, Geheimsten, Tiefsten auch in dem engsten Kreise doch nur an die Eine, mit welcher der Dichter sein ganzes Gemütsleben teilte und in die er die ganze Fülle und Weite seines Gedanken= lebens übertrug.

Die Eigenart dieses Verhältnisses brachte es hervor, daß die einleitenden Strophen zu den „Geheimnissen" sich zu einer selbständigen, großen und bedeutungsvollen Dichtung auswuchsen: indem sie des Dichters eigenes Wesen den Freunden darlegte, führte sie es auch den Mitlebenden und allen kommenden Geschlechtern vor; und die Widmung der „Geheimnisse" an Frau von Stein konnte zur „Zueignung" seiner Lieder werden. Immer= hin mußten der Veröffentlichung einige Strophen von allzu individueller Färbung zum Opfer fallen selbst in der Fassung der „Zueignung", in der sie mit den „Geheim= nissen" einen ununterbrochenen Zusammenhang darstellte. Bei der völligen Trennung beider Gedichte voneinander blieb aus dem verbindenden Teile der ursprünglichen ge= samten Dichtung der „Zueignung" nur die eine Strophe, die jetzt ihren Schluß bildet; zwei weitere von allgemein verständlichem, objektiverem Inhalte blieben als Eingang zu den „Geheimnissen" stehen; dagegen mußten die vier Strophen, welche die ganz persönliche Wendung enthalten oder unmittelbar vorbereiteten, ausgeschieden werden. Rie= mer berichtet, daß von den „Geheimnissen" bis zum März 1785 achtundvierzig Stanzen geschrieben wurden, während das Gedicht, wie es uns vorliegt, die zwei Widmungsstrophen eingerechnet, aus vierundvierzig Stan= zen besteht. Doch hat, wie es scheint, uns Goethe diese vier gestrichenen Strophen nicht vorenthalten wollen, deren Zurückhaltung, zum Teil wenigstens, noch durch den zwei=

ten Umstand veranlaßt wurde, daß, wenn in seinem
Herzensgrunde er die gesamte Dichtung ganz ausschließ=
lich an die geliebte Freundin richtete, dies doch den übri=
gen Freunden gegenüber nicht hervortreten sollte. Eine
solche nur an Frau von Stein sich wendende Strophe ist
durch die Briefe an sie in ihrer Zugehörigkeit zu den
„Geheimnissen" unzweifelhaft beglaubigt; von zwei andern
erweist sich die Zugehörigkeit durch den Umstand, daß auf
einem Blättchen aus Frau von Steins Nachlaß sie sich
zusammen mit der zweiten Einleitungsstanze der „Geheim=
nisse" vorfinden: es ist die 1816 unter der Ueberschrift
„Anzuwenden" veröffentlichte Strophe und die 1820
zuerst in „Kunst und Alterthum" gedruckte, später mit der
Aufschrift „Für ewig" versehene. Sicherlich mit Recht
erkennt man als die vierte noch fehlende die ebenfalls
1820 in „Kunst und Alterthum" veröffentlichte Strophe,
welche die korrespondierende Aufschrift „Heut und ewig"
erhielt.

Die Frage ist, wie nun diese Bruchstücke „anzu=
wenden" seien, von deren einem wenigstens Goethe die
Zuversicht direkt aussprach, „daß der Denkende es anzu=
schließen wissen werde". Es kann doch kein Zweifel be=
stehen, daß diese disjecta membra eine innig zusammen=
hängende, aus einem Gusse geflossene Dichtung gebildet
haben, wobei freilich das eine sorgfältig zu untersuchen
sein wird, was eigentlich kaum anders gedacht werden
kann, ob nicht die späte, getrennte Veröffentlichung ge=
wisse kleinere und auch vielleicht eine größere Aenderung
ganz unumgänglich erforderte! Die zarte und intime zu
Grunde liegende Beziehung mußte die einen ebenso not=
wendig machen wie die Aufhebung des Zusammenhanges

gelegentlich zu der andern zwingen konnte, auch wohl ein ganzes Reimpaar durch ein andres zu ersetzen.

Die Briefe an Frau von Stein geben vollen Anlaß zu der Annahme, daß dieser Teil des Gedichtes zur Zeit seiner Abfassung seiner wahren und vollständigen Gestalt nach überhaupt niemanden bekannt wurde als eben der, an die es gerichtet war, daß es selbst Herders nur mit Auslassungen und leisen Aenderungen zu Gesicht bekamen, und daß erst nach Jahrzehnten Riemer von dem vollen Umfange Kenntnis erhielt.

Die erste Erwähnung des Gedichts datiert vom 8. August 1784 aus Dingelstädt. Am Abend dieses Tages schrieb Goethe an Herders: „Zwischen Mühlhausen und hier brach uns heute die Axe des schweerbepackten Wagens, da wir hier liegen bleiben mußten, machte ich gleich einen Versuch, wie es mit jenem versprochenen Gedichte gehn mögte, was ich hier schicke ist zum Eingang bestimmt, statt der hergebrachten Anrufung und was dazu gehört. Es ist noch nicht alles wie es seyn soll ich habe kaum Zeit die Verse abzuschreiben. Lebet wohl gedenckt mein wie ich eurer gedencke und schickt die Verse mit diesem Brief an Frau v. Stein aufs baldigste. Lebet wohl." Hierin an Charlotte von Stein ein Einschluß: „Anstatt dir so offt zu wiederhohlen daß ich dich liebe schicke ich dir durch Herders etwas das ich heute für euch gearbeitet habe. Zwischen Mühlhausen und hier ist uns eine Axe gebrochen und wir haben müssen liegen bleiben. Um mich zu beschäftigen und meine unruhigen Gedancken von dir abzuwenden habe ich den Anfang des versprochenen Gedichtes gemacht, ich schicke es an Herders von denen erhälst du es, lebe wohl u. s. w." Weiter am

11. August an Charlotte von Stein: „Du haft nun ich hoffe
den Anfang des Gedichtes den ich dir durch Herders
schickte, du wirst dir daraus nehmen, was für dich ist,
es war mir gar angenehm dir auf diese Weise zu sagen
wie lieb ich dich habe." Und am 13. früh: „Meine
Gedancken gehen immer darauf dir was ich gesehen zu
erzählen oder dir etwas zu dichten das dich erfreuen
könnte. Ich dencke fleißig an den Plan des Gedichtes
und habe ihn schon um vieles reiner, wenn uns Regen=
wetter oder sonst ein Unfall begegnet, so fahre ich gewiß
weiter fort. Ich kann dir versichern daß außer dir
Herders und Knebeln ich jetzt gar kein Publikum habe."
Am 14. abends: „Ich habe keine Sorge als dich zu ver=
lieren, und wenn ich dencke daß du mir bleibst, scheint
mir alles in der Welt auszuhalten, habe ich auch Muth
zu allem. An dem Gedichte habe ich hin und her ge=
sonnen, geschrieben nichts wieder." Vom 18. August an
sind die Reiseberichte an Charlotte französisch geschrieben,
offenbar auf ihren besonderen Wunsch, wie denn auch sie
ihm in dieser Sprache schrieb, während er nur ungern
sich dem Zwange fügt: „O ma chere il m'est presque
impossible de poursuivre ce jeu. ma plume n'obeit
qu'a regret, et ce n'est qu'avec peine que je traduis,
que je travestis les sentiments originaux de mon cœur.
Je ne sens mon existence que par toi, tu m'as appris
a aimer moimeme. tu m'as donné une patrie. une
langue, un stile, et je finirois par t'ecrire des phrases."
Und dann folgt am 24. August, gewissermaßen als die
dichterische Ausführung dieser Zeilen, die erwähnte Stanze
zu den „Geheimnissen": „Je finis par un vers allemand
qui sera placé dans le Poeme que je cheris tant,

parceque j'y pourrai parler de toi, de mon amour
pour toi sous mille formes sans que personne l'en-
tende que toi seule.

> Gewiss ich waere schon so ferne, ferne
> Soweit die Welt nur offen liegt gegangen
> Bezwaengen mich nicht uebermaecht'ge Sterne
> Die mein Geschick an deines angehangen
> Dass ich in dir nur erst mich kennen lerne
> Mein Dichten, Trachten, Hoffen und Verlangen
> Allein nach dir und deinem Wesen draengt
> Mein Leben nur an deinem Leben haengt."

Endlich noch vom 30. die Worte: „Jai ecrit de
nouveau quelques versets du poeme qui m'est une
grande ressource quand je suis loin de toi, que j'aurai
du plaisir si tu en es contente, car c'est pour toi
que je le compose, le peu de mots que tu m'en dis
dans ta derniere lettre m'ont fait une joie infinie."

Es bedarf keines weiteren Hinweises, wie das oben
Ausgesprochene in diesen Briefstellen seine Stütze findet,
wie das Gedicht in einem ganz exceptionellen Sinne für
den engsten Kreis der Freunde gedacht war und in diesem
doch wieder recht eigentlich nur für die Eine. Und wie
von selbst springt es nun in die Augen, daß die auf dem
Blättchen aus Frau von Steins Nachlaß erhaltene Strophe
„Für ewig" ganz ebenso wie die vom 24. August 1784
der einzig geliebten Freundin gilt und nicht anders gedacht werden kann, als dieser unmittelbar vorausgehend.
Man hat sich dadurch irreführen lassen, daß sie auf jenem
Blatte unmittelbar auf die zweite Eingangsstrophe der
„Geheimnisse" folgt; so hat man sie an deren Schlußverse angeschlossen:

Jeder soll nach seiner Lust genießen,
Für manchen Wandrer soll die Quelle fließen.

Von der im Liede strömenden „Quelle" also sollte
in der schönen Strophe die Rede sein, und die unver-
kennbare Beziehung auf die Freundin der Jugend sollte
von Goethe erst bei der um 36 Jahre später erfolgten
Veröffentlichung lediglich durch den Platz, den er der
Strophe in den Gedichten anwies, hineingelegt sein? Wer
wollte das glauben! Die auf jenem Zettel stehenden
drei Strophen sind erstlich durch Sternchen voneinander
getrennt; sodann aber, was die Hauptsache ist, sie ent-
behren ohnehin des Zusammenhanges völlig. So wenig
als die dritte („Anzuwenden") mit der zweiten („Für
ewig") unmittelbar in irgend welcher Verbindung steht,
so wenig ist eine solche zwischen dieser und der voraus-
gehenden anzunehmen. Auf demselben Blatte stehen die
drei Stanzen lediglich als demselben großen Ganzen zu-
gehörige Bruchstücke. Ganz sicherlich aber ist das „in
ihr" des letzten Verses unsrer Strophe erst 1820 von
Goethe eingefügt für ein ursprüngliches, an die Freunde
gerichtetes „in euch", das für Charlotte von Stein ge-
lautet haben wird: „in dir". Jenes Blatt, das die
Fassung von 1820 enthält, entstammt daher, wie mit
großer Wahrscheinlichkeit anzunehmen ist, einem erst nach
1820 unternommenen Versuche, die bei dem Drucke der
„Geheimnisse" fortgefallenen Stanzen wieder zusammenzu-
bringen, indem es dieser die im Jahre 1816 publizierte
„Oktave" („Anzuwenden") hinzufügte. Wer wollte in der
Stanze „Für ewig" auch die warm beseelte, ganz persön-
lich gefärbte Grundstimmung verkennen!

Denn was der Mensch in seinen Erdenschranken
Von hohem Glück mit Götternamen nennt,
Die Harmonie der Treue, die kein Wanken,
Die Freundschaft, die nicht Zweifelsorge kennt,
Das Licht, das Weisen nur in einsamen Gedanken,
Das Dichtern nur in schönen Träumen brennt,
Das hatt' ich all in meinen besten Stunden
In ihr (euch — dir) entdeckt und es für mich gefunden.

Wohlgemerkt, in dem Zusammenhange des Ganzen, das an die Freunde sich wendete, konnte immer nur die Anrede „in euch" stehen, die nur für das Ohr der Einzigen als ein „in dir" interpretiert wurde. Ganz allein an diese Fassung aber konnte sich nun die weitere Strophe anschließen:

Gewiß, ich wäre schon so ferne, ferne u. s. w.]

Aus alledem geht hervor, warum beide Strophen bei der Publikation fortgelassen werden mußten.

Nun aber vergegenwärtige man sich Inhalt, Gedankengang und Schlußwendung der „Zueignung"!

Wohl versteht man, was Goethe im Sinne hatte, wenn er der Freundin schrieb: „Du wirst dir daraus nehmen, was für dich ist" und: „es war mir gar angenehm, dir auf diese Weise zu sagen, wie lieb ich dich habe"; man braucht deshalb nicht gerade zu behaupten, daß Charlotte von Stein es war, die im goldenen Morgengewölk ihm als seine Muse erschien und als die Wahrheit selbst ihm den Schleier der Dichtung, „aus Morgenduft gewebt und Sonnenklarheit", reichte. Aber daß es ihre Züge waren, die in himmlischer Verklärung ihm vorschwebten, kann man gewiß annehmen. Wie unzählige Male streift der Ausdruck in seinen gleichzeitigen Briefen bis dicht an diese Höhe heran! Sieht, empfindet, erlebt

und denkt er doch nichts, das nicht in die Erinnerung
an sie getaucht wäre, so daß das Licht der äußern wie
der innern Welt gleichsam erst durch die immer gegen=
wärtige Glanzerscheinung der Geliebten hindurch zu ihm
gelangt. „Wie sehr fühle ich," schreibt er am 3. Juni,
„daß du der Anker bist, an dem mein Schifflein an
dieser Rhede festhält! Du innig Geliebte!" Und am 17.:
„Meine Nähe zu dir fühl ich immer, deine Gegenwart
verläßt mich nie. Durch dich habe ich einen Maasstab
für alle Frauens ja für alle Menschen, durch deine Liebe
einen Maasstab für alles Schicksal. Nicht daß sie mir
die übrige Welt verdunkelt, sie macht mir vielmehr die
übrige Welt recht klar, ich sehe recht deutlich wie die
Menschen sind was sie sinnen wünschen, treiben und
genießen, ich gönne jedem das seinige und freue mich
heimlich in der Vergleichung, einen so unzerstörlichen
Schatz zu besitzen." Er findet nicht Worte genug, um
in immer neuen Wendungen den unermeßlichen Einfluß
auszudrücken, den er in intellektueller und namentlich in
ethischer Hinsicht von der über alles verehrten Frau em=
pfangen. So am 28. Juni: „Ja liebe Lotte jetzt wird
es mir erst deutlich wie du meine Hälfte bist und bleibst.
Ich bin kein einzelnes kein selbständiges Wesen. Alle
meine Schwächen habe ich an dich angelehnt, meine
weichen Seiten durch dich beschützt, meine Lücken durch
dich ausgefüllt. Wenn ich nun entfernt von dir bin,
so wird mein Zustand höchst seltsam. Auf einer Seite
bin ich gewaffnet und gestählt, auf der andern wie ein
rohes Erz, weil ich da versäumt habe mich zu harnischen
wo du mir Schild und Schirm bist. Wie freue ich mich
dir ganz anzugehören."

Gewiß ist die „Zueignung" der freie Ausdruck der
vollendeten Reife und Klarheit, der erhabenen Ruhe, mit
der Goethe die in ihm wirkende Kraft des Genius em-
pfand, die ihm nun gestattete, die tiefsten Einsichten in
Welt und Leben, in die Natur und das Schicksal zum
schönen Spiele für das Gefühl und die Phantasie zu
gestalten: wie viel aber meinte er der Freundin zu ver-
danken, wenn es ihre Hand war, an der er diese Höhe
erstiegen hatte! Wohl mußte es sie mit dem höchsten
Genuß teilnehmender Liebe und schönen Selbstgefühles
durchdringen, wenn sie aus dem absoluten und allgemeinen Gehalt der herrlichen Dichtung so manches „für
sich nehmen" konnte, woraus sie des Dichters Anrede an
sie selbst und „seine Liebe zu ihr" erkannte!

Einst hatte er ihr gesungen: „Ach, du warst in ab-
gelebten Zeiten meine Schwester oder meine Frau."

> Kanntest jeden Zug in meinem Wesen,
> Spähtest, wie die reinste Nerve klingt,
> Konntest mich mit einem Blicke lesen,
> Den so schwer ein sterblich Aug' durchdringt.
> Tropftest Mäßigung dem heißen Blute,
> Richtetest den wilden, irren Lauf,
> Und in deinen Engelsarmen ruhte
> Die zerstörte Brust sich wieder auf.

In den acht Jahren, die seitdem verflossen waren,
hatte sich sein ganzes Wesen mächtig vertieft, und im
Vollbesitze seiner, das ganze Zeitalter überragenden geistigen Kraft bereitete er sich nun, seinem Volke und der
Menschheit unvergängliche Schätze zu spenden:

> Ich kenne ganz den Werth von deinen Gaben!
> Für Andre wächst in mir das edle Gut,
> Ich kann und will das Pfund nicht mehr vergraben!

Warum such' ich den Weg so sehnsuchtsvoll,
Wenn ich ihn nicht den Brüdern zeigen soll?

In überirdischer Klarheit erstrahlend, lächelt ihm
die hehre Muse zu; aber wieder mischt in den Klang ihrer
Worte sich etwas von der holden Stimme der Freundin:

Ich konnte mich in ihrem Auge lesen,
Was ich verfehlt' und was ich recht gethan.
Sie lächelte, da war ich schon genesen,
Zu neuen Freuden stieg mein Geist heran;
Ich konnte nun mit innigem Vertrauen
Mich zu ihr nahn und ihre Nähe schauen.

„Mit stiller Seele" empfängt er das Geschenk der
Muse, die köstliche Gabe, die Schwüle und Bangigkeit,
die Herbigkeit und Verwirrung der Erdgefühle durch die
Kunst zu läutern und zu lösen, durch die Zauberbilder
der Poesie ein zweites Empfindungsleben erweckend, es
mit Gesundheit und Beschwichtigung zu durchdringen, mit
der freudigen Ruhe der in sich gefaßten Kraft:

Es schweigt das Wehen banger Erdgefühle,
Zum Wolkenbette wandelt sich die Gruft,
Besänftiget wird jede Lebenswelle
Der Tag wird lieblich, und die Nacht wird helle.

Und an die Freunde, in deren Mitte, unter deren
herzlicher Teilnahme, reicher und vielseitiger Förderung
er jenes unvergleichliche Wachstum seines Wesens und
seiner Kraft erlebt hatte, richtet sich nun die Schlußstrophe:

So kommt denn, Freunde, wenn auf Euren Wegen
Des Lebens Bürde schwer und schwerer drückt,
Wenn Eure Bahn ein frisch erneuter Segen
Mit Blumen ziert, mit goldnen Früchten schmückt:

Wir gehn vereint dem nächsten Tag entgegen!
So leben wir, so wandeln wir beglückt.
Und dann auch soll, wenn Enkel um uns trauern,
Zu ihrer Lust noch unsre Liebe dauern.

Wie kann ein Zweifel darüber bestehen, daß im
engsten Anschlusse daran nun das Gedicht weiter fort=
geht, die Begründung hinzufügend, wie aus der „Liebe"
dieses seltenen Freundeskreises für die spätesten Enkel so
Großes hervorgehen konnte:

Denn was der Mensch in seinen Erdenschranken
Von hohem Glück mit Götternamen nennt,
Die Harmonie der Treue, die kein Wanken,
Die Freundschaft, die nicht Zweifelsorge kennt,
Das Licht, das Weisen nur in einsamen Gedanken,
Das Dichtern nur in schönen Träumen brennt
Das hatt' ich all in meinen besten Stunden
In Euch entdeckt und es für mich gefunden.

Mit der zweiten Hälfte geht die Stanze schon zu
der Einleitung für die „Geheimnisse" über; es ist das
Licht jener bis auf den Grund dringenden, höchst esoteri=
schen religiösen Erkenntnis gemeint, das dem Dichter im
Verkehr mit diesen Freunden aufgestrahlt war. Aber,
wenn Herder hier der Gebende gewesen war, so war
der Empfangende nun über den Gebenden hinausgewachsen,
und weiter reichende Ausblicke hatten sich dem Dichter auf=
gethan, die ihn von jenem loszulösen begannen, und für
die er bereite Aufnahme und volles Verständnis nur bei
der Freundin zu finden meinte. Und wie in der letzten
Verszeile für das „in Euch" das „in dir" sich ein=
schiebt, so schließt sich nun ebenfalls nur „für sie" noch
die folgende Stanze an:

Gewiß, ich wäre schon so ferne, ferne,
So weit die Welt nur offen liegt, gegangen,
Bezwängen mich nicht übermächt'ge Sterne,
Die mein Geschick an deines angehangen,
Daß ich in dir nur erst mich kennen lerne,
Mein Dichten, Trachten, Hoffen und Verlangen
Allein nach dir und deinem Wesen drängt,
Mein Leben nur an deinem Leben hängt.

Mit dieser Strophe oder ohne sie schreitet das Gedicht dann folgerichtig weiter zu der Ankündigung des
„Liedes" selbst, das jenes „Licht" der Erkenntnis in
reichen Bildern den Freunden wiederspiegeln soll in mannig-
fach wechselnden Farben kunstvoll geordneter Brechung:

Ein wunderbares Lied ist Euch bereitet;
Vernehmt es gern und Jeden ruft herbei!
Durch Berg' und Thäler ist der Weg geleitet;
Hier ist der Blick beschränkt, dort wieder frei,
Und wenn der Pfad sacht in die Büsche gleitet,
So denket nicht, daß es ein Irrthum sei!
Wir wollen doch, wenn wir genug gekommen,
Zur rechten Zeit dem Ziele näher kommen.

Die direkte Ankündigung des „Liedes" erweitert zugleich den Kreis der Hörer: „und Jeden ruft herbei!"
Deshalb konnte hier die unterbrochene Publikation wieder
einsetzen. Doch war damit zugleich die Nötigung gegeben,
über die seltene Beschaffenheit des Inhaltes etwas zu
sagen, die einzigartige Auffassung des innersten Wesens
der Religion, die auf der einen Seite ebenso philosophisch
frei von allen Schranken der Bekenntnisse erscheinen konnte,
als auf der andern mystisch gläubig gegenüber ihren
Mythen und Symbolen, und die so der freudigen Aufnahme der einen ebenso sicher sein konnte, als der heftigen
Ablehnung der andern, einer gewissen Befremdung sich

zunächst aber bei allen versehen mußte. Daher heißt es nun weiter:

> Doch glaube Keiner, daß mit allem Sinnen
> Das ganze Lied er je enträthseln werde:
> Gar Viele müssen Vieles hier gewinnen,
> Gar manche Blüthen bringt die Mutter Erde;
> Der Eine flieht mit düstrem Blick von hinnen,
> Der Andre weilt mit fröhlicher Geberde:
> Ein Jeder soll nach seiner Lust genießen,
> Für manchen Wandrer soll die Quelle fließen.

Wie außerordentlich treffend diese Strophe den Charakter der „wunderbaren" Dichtung kennzeichnet, kann sich erst aus der zusammenhängenden und ins einzelne gehenden Würdigung des Ganzen ergeben; hier sei nur das eine hervorgehoben. Es lag im Plane der Dichtung, in hervorragenden Zügen der mythischen Ueberlieferung eine jede Religion gewissermaßen ihr eigenes Wesen aus sich selbst heraus zeichnen zu lassen, indem die Kunst der Darstellung gleichsam wie durch den feinsten Schliff das verborgene Feuer des Edelsteins zur Leuchtkraft brachte. „Wenn so der Hörer, der Theilnehmer durch alle Länder und Zeiten im Geiste geführt, überall das Erfreulichste, was die Liebe Gottes und der Menschen unter so man-cherlei Gestalten hervorbringt, erfahren; so sollte daraus die angenehmste Empfindung entspringen, indem weder Abweichung, Mißbrauch, noch Entstellung, wodurch jede Religion in gewissen Epochen verhaßt wird, zur Erscheinung gekommen wären." Was hier nach mehr als dreißig Jahren im belehrenden Ton des Erklärers und mit der Ruhe des Alters ausgesprochen ist, genau dasselbe enthält im Ausdruck des dichterischen Enthusiasmus die nun hier

einzuschaltende Strophe, „Anzuwenden" überschrieben,
jenes „Bruchstück, das der Denkende anzuschließen wissen"
soll. Was auf den ersten Blick befremden kann, daß die
Strophe mit so volltönendem Lobe von dem Reichtum
und der Pracht des Angekündigten redet, kann die An=
nahme, daß sie an diese Stelle gehört, nur bekräftigen.
Denn nicht eigene Erdichtungen soll das Lied ja bringen,
sondern es soll hineingreifen in die Fülle der wunder=
vollsten Schätze der Phantasie aller Völker und Zeiten
und, wie absichtslos sie hinstreuend, soll es dem er=
habensten „Ziele näher kommen". So heißt es nun also
von dem „Wandrer", der mit fröhlicher Geberde ver=
weilt und mit Lust der ihm in dem Liede fließenden
Quelle genießt:

> Wohin er auch die Blicke kehrt und wendet,
> Je mehr erstaunt er über Kunst und Pracht;
> Mit Vorsatz scheint der Reichthum hier verschwendet,
> Es scheint, als habe sich nur Alles selbst gemacht.
> Soll er sich wundern, daß das Werk vollendet?
> Soll er sich wundern, daß es so erdacht?
> Ihm dünkt, als fang' er erst mit himmlischem Entzücken
> Zu leben an in diesen Augenblicken.

Wenn man diesen einfachen und natürlichen Zu=
sammenhang verkennt, muß es Verlegenheit bereiten, wo
denn sonst die Stanze „anzuschließen" sei. Daß die Vor=
schläge der Erklärer nur dieser Verlegenheit entsprungen
und an sich völlig unhaltbar sind, lehrt der flüchtigste
Blick; ob man sie zwischen Strophe 7 und 8 placiert,
wo von dem mit Rosen umschlungenen Kreuze die Rede
ist, das doch ganz unmöglich zu den obigen Worten Ver=
anlassung geben kann, oder gar zwischen Strophe 36

und 37, wo von den Emblemen in einem Raume ge=
handelt wird, von dem es fünf Stanzen vorher heißt:

> Kein Schmuck war hier, die Augen zu verblenden,
> Ein kühnes Kreuzgewölbe stieg empor u. s. w.

Und hieran soll „der Denkende anschließen":

> Wohin er auch die Blicke kehrt und wendet,
> Je mehr erstaunt er über Kunst und Pracht;
> Mit Vorsatz scheint der Reichthum hier verschwendet!

Zudem, auch wenn für die Strophe in dem Gedichte
selbst ein besserer Anschluß zu finden wäre, was nicht der
Fall ist, was hätte den Dichter bestimmt, erstlich sie fort=
zulassen, und sodann, sie nach so langer Zeit getrennt
bekannt zu geben, die, wenn sie lediglich deskriptiver Natur
wäre, auf eine Bedeutung, aus der sich für den „Den=
kenden" eine Beziehung ergäbe, keinen Anspruch hätte!
Die Strophe ist mit dem Datum 15. März 1816 veröffent=
licht; die Vermutung liegt nahe, daß Goethe durch die
Königsberger Anfrage vom 15. November 1815, auf die
er im Jahre 1816 die bekannte Antwort gab, wieder an
das Gedicht erinnert und zu jener Publikation veranlaßt
wurde*). Daß er sie aber in den „Geheimnissen" selbst

---

*) Aus einem Vereine von Königsberger Studierenden ging
damals jene Anfrage hervor, den die Teilnehmer ohne Unterbrechung
fortgesetzt haben und der sich als ein monatlich zweimal sich versammeln=
des Montagskränzchen bis heute erhalten hat. Der Reichsgerichts=
präsident E. v. Simson, der dem Kränzchen später angehörte, übergab
den Brief vom 15. November 1815 im Jahre 1868 an R. Haym,
der ihn in den „Preußischen Jahrbüchern" publizierte (vgl. Preuß.
Jahrb. 1868, Heft 3, S. 354). Dieser Brief befindet sich noch jetzt
in den Akten des Kränzchens; doch ist die Antwort Goethes im
Original nicht erhalten, ebensowenig das Datum ihrer Absendung
oder ihres Eintreffens.

ausließ, wird durch den Umstand vollauf erklärt, daß die
Strophe die Vollendung des Gedichtes voraussetzt, während
sie nachträglich für die Würdigung des Fragmentes, zumal
nach der Bekanntgebung von Goethes Erklärung, doch
immer ihre Bedeutung behielt.

Der letzten noch übrig bleibenden Stanze, deren Zu=
gehörigkeit zu den „Geheimnissen" urkundlich nicht fest=
steht, doch aber alle Wahrscheinlichkeit für sich hat, ist
nun ihr Platz von selbst angewiesen. Sie wäre also be=
stimmt gewesen, den Schluß der Einleitung zu bilden,
wozu sie in jedem Betracht vorzüglich geeignet ist. Doch
bleibt hier ein störender Umstand, der gleichwohl andrer=
seits wieder etwas Aufhellendes in sich trägt.

Es ist die „Heut und ewig" überschriebene Strophe:

> Unmöglich ist's den Tag dem Tag zu zeigen,
> Der nur Verworrnes im Verworrnen spiegelt,
> Und Jeder selbst sich fühlt als recht und eigen,
> Statt sich zu zügeln, nur am Andern zügelt;
> Da ist's den Lippen besser, daß sie schweigen,
> Indeß der Geist sich fort und fort beflügelt.
> Aus Gestern wird nicht Heute; doch Aeonen,
> Sie werden wechselnd sinken, werden thronen.

Welcher Gedanke wurde zum Abschluß der Ankündi=
gung des großartig und so hochsymbolisch angelegten
Liedes stärker gefordert als der Gedanke dieser Strophe!
Das Licht, das dem Dichter in den geweihten Stunden
des Ideenaustausches mit den Freunden aufgegangen ist,
will er nun auch den Mitlebenden, den „Brüdern", zeigen.
Jedoch: „Unmöglich ist's den Tag dem Tag zu zeigen!"
Es geht nicht an, aus den aktuellen Zuständen heraus,
in dem Gewirr der Tagesfragen und des Tagesstreites

eine objektive Beurteilung dieser selbst, geschweige eine in die Tiefe dringende klare Erkenntnis der Dinge überhaupt zu verkünden mit der Aussicht, sie annehmbar zu machen. Hier will jeder recht behalten, keiner sich bescheiden, jeder den andern reformieren, keiner sich selbst. Da ist es am besten, zu schweigen. Und auf welchem Gebiete gilt diese Resignation mehr als auf dem der religiösen Grundfragen, von denen das Lied handeln soll? Goethe hatte darin reiche Erfahrungen gemacht und machte sie noch fortwährend; man braucht nur einen Blick in die Briefe jener Zeit zu werfen, namentlich in die mit Lavater gewechselten, um reiches Zeugnismaterial zu finden. Man denke auch an Fritz Jacobi und die Stolberge! Solche Differenzen lassen sich durch keine Debatten ausgleichen. So weit ist der Zusammenhang in bester Ordnung. Was aber nun folgt, fällt nicht weniger aus dieser Uebereinstimmung als aus der logischen Folge des Gedankengehaltes der Strophe selbst, nicht weniger auch aus ihrem Tone, der in den ersten sechs Zeilen ganz die jugendfrische und doch zugleich völlig ausgereifte Haltung der besten Zeit aufweist, in dem abschließenden Reimpaar dagegen unverkennbar die orakelhafte Färbung der späten Epoche des Goetheschen Stiles:

> Aus Gestern wird nicht Heute; doch Aeonen,
> Sie werden wechselnd sinken, werden thronen.

Die Zustände und Probleme des Tages datieren nicht aus der letzten, eben durchlebten und unmittelbar vor Augen stehenden Vergangenheit, von der die Gemüter noch frisch erregt sind, sondern von Urzeiten her; sie können nur aus dem klaren Ueberblick über die großen, weit zurückreichenden Epochen ihrer Entwickelung begriffen und gelöst werden. Ein bedeutender Gedanke und bedeutend ausgedrückt, der mit dem vorangehenden auch in Beziehung steht; wie könnte das anders sein! Aber ganz verloren gegangen ist der enge Anschluß an die Fassung, zumal der ihrer dichterischen Stimmung entsprechende. Dieser verlangt einen fortführenden Gegensatz, einen Gegenklang zu dem resignierten „Da ist's den Lippen besser, wenn sie schweigen"! Also ein „Reden"! Und zwar wo? zu wem? vor allem auch wovon und besonders wie? Auf alle diese Fragen ist in den voraufgehenden Stanzen die Antwort schon enthalten, und es brauchte in diesem die ganze Einleitung abschließenden Reimpaare darauf nur kraftvoll zurückgewiesen werden. Also nicht von Tagesfragen, sondern von jenen höchsten Ideen des Göttlichen, von jenem „Lichte", das in dem „wunderbaren Liede" gezeigt werden soll. Nicht zu der gleichgültigen oder gar widerstrebenden Menge, sondern zu den „Freunden" und zu allen denen, die „sie herbeirufen". Nicht lehrhaft theoretisierend, sondern in der reichen Fülle, der wundervollen Bilderpracht, die unerfindbar in den kostbarsten Ueberlieferungen aller Zeiten und Völker daliegt, wie „von selbst" zum erhabensten Kunstgebilde sich zusammenfügend. Deren „Geheimnisse" sich seinem durch die Freundschaft und durch die Liebe zum höchsten Schwunge beflügelten Geiste entschleierten! Wer möchte sich vermessen, das Reimpaar nachzukonstruieren, das die Freunde von der Betrachtung des „Heute" zum „Ewigen" verwies? Daß aber Goethe im Jahre 1816 bei der Publikation der Strophe die höchst persönliche Schlußwendung durch eine andre ersetzen mußte, liegt auf der Hand.

Die „Aeonen" jedoch, welche „wechselnd sinken und thronen
werden", verfehlen den Anschluß am allermeisten. Schon
das „Aus Gestern wird nicht Heute" fügt sich nicht glatt
an, man glaubt die Not zu erkennen; hier aber klafft
gar eine bedenkliche Gedankenlücke. Denn daß von den
großen Epochen der Entwickelung menschlicher Zustände
die einen nur vorübergehende Bedeutung haben, die andern
dagegen eine dauernde, ist eine weiter abliegende Beob=
achtung, die mit dem Hauptgedanken, daß die Tagesmenge
für das Licht des Ewigen schwerlich empfänglich ist, un=
mittelbar nichts zu thun hat; ganz abgesehen von der
befremdlichen Ausdrucksform, die — ein so seltener Fall
bei Goethe — mit dem Gedanken nicht rein aufgehen will.

Das alles wäre erklärt, wenn man die nachträgliche
Aenderung annimmt. Die Auffindung des ursprünglichen
Textes wäre freilich, da das Weimarer Archiv bis jetzt
nichts davon ergeben hat, nicht zu hoffen; ebenso scheint
es — die „Geheimnisse" sind inzwischen in der Weimarer
Ausgabe erschienen —, daß die Annahme der Zugehörig=
keit der Stanze „Heut und Ewig" zu dem Gedichte auch
fernerhin sich lediglich auf innere Gründe stützen müssen wird.

II.

Goethe hat in der erwähnten Mitteilung von 1816
über „die weitere Absicht, ja den Plan im Allgemeinen
und somit auch den Zweck" der „Geheimnisse" Eröff=
nungen gemacht; aber seiner grundsätzlichen Abneigung

gegen die Zumutung, den Kommentator der eigenen Dich=
tungen abzugeben, ist er doch auch hier treu geblieben.
Nicht allein daß diese Erklärung selbst sehr vielfach wieder
des Kommentars bedürftig ist, sie übergeht gerade die
letzten und wichtigsten Fragen geflissentlich mit völligem
Stillschweigen.

Er gibt zunächst eine kurze Skizze des Inhaltes:
„Man erinnert sich, daß ein junger Ordensgeistlicher in
einer gebirgigen Gegend verirrt, zuletzt im freundlichen
Thal ein herrliches Gebäude antrifft, das auf Wohnung
von frommen geheimnißvollen Männern deutet. Er findet
daselbst zwölf Ritter, welche nach überstandenem sturm=
vollem Leben, wo Mühe, Leiden und Gefahr sich an=
drängten, endlich hier zu wohnen und Gott im Stillen
zu dienen, Verpflichtung übernommen. Ein dreizehnter,
den sie für ihren Obern erkennen, ist eben im Begriff,
von ihnen zu scheiden; auf welche Art, bleibt verborgen;
doch hatte er in den letzten Tagen seinen Lebenslauf zu
erzählen angefangen, wovon dem neu angekommenen
geistlichen Bruder eine kurze Andeutung bei guter Auf=
nahme zu Theil wird. Eine geheimnißvolle Nachterschei=
nung festlicher Jünglinge, deren Fackeln bei eiligem Lauf
den Garten erhellen, macht den Beschluß.“

Wir erfahren dann weiter, „daß der Leser durch
eine Art von ideellem Montserrat geführt werden und,
nachdem er durch die verschiedenen Regionen der Berge,
Felsen und Klippen=Höhen seinen Weg genommen, ge=
legentlich wieder auf weite und glückliche Ebenen gelangen
sollte. Einen jeden der Rittermönche würde man in seiner
Wohnung besucht und durch Anschauung klimatischer und
nationaler Verschiedenheiten erfahren haben, daß die treff=

lichsten Männer von allen Enden der Erde sich hier ver=
sammeln mögen, wo jeder von ihnen Gott auf seine
eigenste Weise im Stillen verehre."

„Der mit Bruder Markus herumwandelnde Leser
oder Zuhörer wäre gewahr geworden, daß die verschieden=
sten Denk= und Empfindungsweisen, welche in dem Men=
schen durch Atmosphäre, Landstrich, Völkerschaft, Bedürfniß,
Gewohnheit entwickelt oder ihm eingedrückt werden, sich
hier am Orte in ausgezeichneten Individuen darzustellen
und die Begier nach höchster Ausbildung, obgleich einzeln
unvollkommen, durch Zusammenleben würdig auszusprechen,
berufen seien."

„Damit dieses aber möglich werde, haben sie sich
um einen Mann versammelt, der den Namen Humanus
führt; wozu sie sich nicht entschlossen hätten, ohne sämmt=
lich eine Aehnlichkeit, eine Annäherung zu ihm zu fühlen.
Dieser Vermittler nun will unvermuthet von ihnen scheiden,
und sie vernehmen, so betäubt als erbaut, die Geschichte
seiner vergangnen Zustände. Diese erzählt jedoch nicht er
allein, sondern jeder von den Zwölfen, mit denen er
sämmtlich im Laufe der Zeiten in Berührung gekommen,
kann von einem Theil dieses großen Lebenswandels Nach=
richt und Auskunft geben."

„Hier würde sich dann gefunden haben, daß jede
besondere Religion einen Moment ihrer höchsten Blüthe
und Frucht erreiche, worin sie jenem obern Führer und
Vermittler sich angenaht, ja sich mit ihm vollkommen
vereinigt. Diese Epochen sollten in jenen zwölf Repräs=
sentanten verkörpert und fixirt erscheinen, so daß man
jede Anerkennung Gottes und der Tugend, sie zeige sich
auch in noch so wunderbarer Gestalt, doch immer aller

Ehren, aller Liebe würdig müßte gefunden haben. Und nun konnte nach langem Zusammenleben Humanus gar wohl von ihnen scheiden, weil sein Geist sich in ihnen Allen verkörpert, Allen angehörig, keines eigenen irdischen Gewandes mehr bedarf."

Unwillkürlich fühlt man sich durch die Erwähnung der „in den zwölf Repräsentanten verkörperten Epochen" an die oben behandelten Schlußverse: „Aus Gestern wird nicht Heute; doch Aeonen, Sie werden wechselnd sinken werden thronen" gemahnt; und die Vermutung erhält neue Nahrung, daß sie einer späteren Zeit entstammen und durch die Reminiscenz an das hier Ausgesprochene beeinflußt sein mochten.

Sehr genau hält diese Erklärung die in der wohl-erwogenen Ankündigung gesteckten Grenzen ein. Es ist in der That nur „im Allgemeinen der Plan und die weitere Absicht" eröffnet; das ganze reiche Detail des vorliegenden Fragmentes, das wahrlich im höchsten Maße des erläuternden Wortes bedürfte, ist unerwähnt geblieben, selbst auf die wichtigsten Wendepunkte der Handlung ist nur mit leise deutendem Wink hingewiesen. Ein so be-deutender Umstand wie die Nachterscheinung der Jüng-linge mit den Fackeln, von dem doch gesprochen wird, erhält auch nicht den schwächsten Schimmer aufhellenden Lichtes. Aber mit den wichtigsten Grundfragen, die der Aufbau der Handlung rege macht, steht es um nichts besser: von wem und von woher ist Bruder Markus ge-sendet, wie lautet sein Auftrag, daß der unscheinbare Pilger mit so großer Auszeichnung empfangen wird? Was hat es zu bedeuten, daß Humanus grade in diesem Augenblicke aus dem „geheimnißvollen" Kreise scheiden

muß? Was ist es für eine „wunderbare Schickung und
Offenbarung", durch die der arme Pilgrim Markus in
seine hohe Stellung eingesetzt wird?

Grade aber in den Antworten auf diese Fragen
liegt der bedeutendste Gehalt des Gedichtes, das spezifisch
Goethesche darin, daß es auch in seinem fragmentarischen
Zustande zu der wichtigsten Aeußerung macht, die wir
über sein religiöses Fühlen und Denken besitzen. Gewiß
zeigt die Dichtung weitgehende Uebereinstimmung mit
Herders „Ideen", wurde sie doch dem engen Kreise ge-
widmet, der von dem Gedankeninhalt dieses Herderschen
Lieblingswerkes durchdrungen war. Will man daher
Belegstellen daraus für die „Geheimnisse" citieren, so hat
man es keineswegs nötig, sich an die Chronologie der
Entstehung der einzelnen Bücher zu binden: vielmehr
steht hier das Werk in seinem gesamten Umfange zu
freier Verwendung, denn es kann nicht zweifelhaft sein,
daß seinem wesentlichsten Gehalte nach es auch vor
der Ausarbeitung des Einzelnen der kleinen eingeweihten
Gemeinde schon völlig angehörte.

So, wenn es am Schluß des sechsten Abschnittes im
vierten Buche heißt: „Endlich ist die Religion die höchste
Humanität des Menschen." ... „Die erste und letzte
Philosophie ist immer Religion gewesen. Auch die wil-
desten Völker haben sich darin geübt; denn kein Volk der
Erde ist völlig ohne sie, so wenig als ohne menschliche
Vernunftfähigkeit und Gestalt, ohne Sprache und Ehe,
ohne einige menschliche Sitten und Gebräuche gefunden
worden." ... „Religion ist, auch schon als Verstandes-
übung betrachtet, die höchste Humanität, die erhabenste
Blüthe der menschlichen Seele. Aber sie ist mehr als

dies — —. Wahre Religion ist ein kindlicher Gottes-
dienst, eine Nachahmung des Höchsten und Schönsten im
menschlichen Bilde, mithin die innigste Zufriedenheit, die
wirksamste Güte und Menschenliebe."

„Und so sieht man auch, warum in allen Religionen
der Erde mehr oder minder Menschenähnlichkeit Gottes
habe stattfinden müssen, entweder daß man den Menschen
zu Gott erhob oder den Vater der Welt zum Menschen-
gebilde hinabzog. Eine höhere Gestalt als die unsre
kennen wir nicht; und was den Menschen rühren und
menschlich machen soll, muß menschlich gedacht und empfunden sein. Eine sinnliche Nation veredelte also die
Menschengestalt zur göttlichen Schönheit; andere, die
geistiger dachten, brachten Vollkommenheiten des Unsichtbaren in Symbole fürs menschliche Auge. Selbst da die
Gottheit sich uns offenbaren wollte, sprach und handelte
sie unter uns, jedem Zeitraum angemessen, menschlich.
Nichts hat unsre Gestalt und Natur so sehr veredelt als
die Religion; blos und allein, weil sie sie auf ihre reinste
Bestimmung zurückführte."

„Daß mit der Religion also auch Hoffnung und
Glaube der Unsterblichkeit verbunden war und durch sie
unter den Menschen gegründet wurde, ist abermals Natur
der Sache, vom Begriff Gottes und der Menschheit bei-
nah unzertrennlich. . . . Hier knüpfte die Religion alle
Mängel und Hoffnungen unsres Geschlechts zum Glauben
zusammen und wand der Humanität eine unsterbliche
Krone."

Alle diese Gedanken klingen an in der Aeußerung
Goethes über sein Gedicht, auch der letzte, wenn es dort
heißt: „Ereignet sich nun diese ganze Handlung in der

Charwoche, ist das Hauptkennzeichen dieser Gesellschaft ein
Kreuz mit Rosen umwunden, so läßt sich leicht voraus=
sehen, daß die durch den Ostertag besiegelte ewige Dauer
erhöhter menschlicher Zustände auch hier bei dem Scheiden
des Humanus sich tröstlich würde offenbaret haben."

Aber jene ungelösten Fragen lassen die Forschung
nach dem Verständnis des Gedichtes nicht zur Ruhe
kommen; und sie weisen sämtlich auf eine Stelle hin, wo
sich Goethes religiöse Grundanschauung von der des theo=
logischen Freundes, so sehr dieser auch Philosoph war,
dennoch trennte. Eine Reihe von Sätzen im neunten
Buche der „Ideen" leitet zu dieser Stelle, grade während
auch sie auf dem Wege bis dahin die beiden Freunde
noch einträchtig zusammengehend zeigt. Sie steht im
Beginne des fünften Abschnittes: „Tradition ist . . .
die fortpflanzende Mutter, wie der Sprache und weniger
Kultur der Völker, so auch ihrer Religion und
heiligen Gebräuche."

„Sogleich folgt hieraus, daß sich die religiöse
Tradition keines andern Mittels bedienen konnte,
als dessen sich die Vernunft und Sprache selbst
bediente, der Symbole. Muß der Gedanke ein Wort
werden, wenn er fortgepflanzt sein will, muß jede Ein=
richtung ein sichtbares Zeichen haben, wenn sie für Andre
und für die Nachwelt sein soll: wie konnte das Unsicht=
bare sichtbar, oder eine verlebte Geschichte den Nachkommen
aufbehalten werden, als durch Worte oder Zeichen? Daher
ist auch bei den rohesten Völkern die Sprache der Religion
immer die älteste, dunkelste Sprache, oft ihren Geweihten
selbst, viel mehr den Fremdlingen unverständlich. Die
bedeutenden heiligen Symbole jedes Volks, so klimatisch

und national sie sein mochten, wurden nämlich oft in wenigen Geschlechtern ohne Bedeutung. Kein Wunder; denn jeder Sprache, jedem Institut mit willkürlichen Zeichen müßte es so ergehen, wenn sie nicht durch den lebendigen Gebrauch mit ihren Gegenständen oft zusammengehalten würden und also im bedeutenden Andenken blieben. Bei der Religion war solche lebendige Zusammenhaltung schwer oder unmöglich; denn das Zeichen betraf entweder eine unsichtbare Idee oder eine vergangene Geschichte."

„Es konnte also auch nicht fehlen, daß die Priester, die ursprünglich Weise der Nation waren, nicht immer ihre Weisen blieben. Sobald sie nämlich den Sinn des Symbols verloren, waren sie stumme Diener der Abgötterei oder mußten redende Lügner des Aberglaubens werden. Und sie sind's fast allenthalben reichlich geworden; nicht aus vorzüglicher Betrugsucht, sondern weil es die Sache so mit sich führte. Sowohl in der Sprache als in jeder Wissenschaft, Kunst und Einrichtung waltet dasselbe Schicksal: der Unwissende, der reden oder die Kunst fortsetzen soll, muß verbergen, muß erdichten, muß heucheln; ein falscher Schein tritt an die Stelle der verlorenen Wahrheit. Dies ist die Geschichte aller Geheimnisse auf der Erde, die anfangs allerdings viel Wissenswürdiges verbargen, zuletzt aber, insonderheit seitdem menschliche Weisheit sich von ihnen getrennt hatte, in elenden Tand ausarteten; und so wurden die Priester derselben, bei ihrem leergewordenen Heiligthum, zuletzt arme Betrüger."

Man irrt schwerlich, wenn man annimmt, daß in demselben Sinne, wie hier von der „Geschichte aller Ge-

heimnisse auf der Erde" die Rede ist, das Wort auch von
Goethe zum Thema und zur Ueberschrift seines „großen
Gedichtes" gewählt wurde, sei es nun, daß in geheimem
Bezug darauf diese Stelle der „Ideen" geschrieben wurde,
sei es, daß aus ihren Gesprächen über den Gegenstand
beiden Freunden die Bezeichnung in diesem bestimmten
Sinne sich festgestellt hatte.

Darnach wäre als der Gegenstand der Dichtung,
ganz kurz gefaßt, dieser zu betrachten: das Verhältnis
der geheimnisvollen Umhüllungen, der symbolischen Mythen der Religionen zu dem Kern und
Wesensgehalte der Religion darzustellen, ein ideales
Bild der historischen Entwickelung, wie aus den Umhüllungen der Kern in einfacher Klarheit hervortritt, aus
der mythischen und mystischen Symbolik der reine Gehalt sich läutert.

Es wäre also zu zeigen, daß dies ebensowohl zwischen
den Zeilen der Goethischen Erklärung vernehmlich zu
lesen steht, als es auch aus dem Gedichte selbst, das trotz
seines fragmentarischen Zustandes dennoch alles Wesentliche des Goethischen Gedankenganges vollständig in sich
aufgenommen hat, deutlich hervorgeht.

Auch inwiefern Goethe dabei über Herders Standpunkt hinausgeht, mag hier kurz angedeutet sein, obwohl
es sich dabei um ein höchst kompliziertes Verhältnis
handelt, das mit einem Worte keineswegs erledigt werden
kann. Einmal haben Herders Ansichten in diesem Punkte
Wandlungen erlitten, und sodann vermeidet er es in den
„Ideen" geflissentlich gerade darüber sich unumwunden
auszusprechen. Die prägnantesten Aeußerungen, die nach
dieser Richtung hin in den „Ideen" sich finden, konnten —

und es dürfte für dieses Urteil ein stärkeres Zeugnis nicht denkbar sein — ebensowohl die volle Billigung Goethes als die enthusiastische Zustimmung eines Hamann finden!

Trotz der scheinbar stärksten Aeußerungen einer auflösenden, philosophischen Betrachtung erblickt Herder am letzten Ende doch in dem Christentum, und zwar nicht nur in dem Geiste des Christentums sondern auch in seiner historischen Form, den Abschluß der religiösen Entwickelung, ihre Krönung und Vollendung, das verwirklichte Ideal der „Humanität". Goethes Absicht in den „Geheimnissen" ging dahin, die christliche Religion als eine Aeußerungsform des religiösen Bewußtseins in der Reihe andrer Formen darzustellen, allerdings als die am höchsten entwickelte, ja die ganze vorausgegangene Entwickelung in sich einschließende und umfassende, aber doch nur als eine Form, die eben in ihrem formalen Teil auf ewige Dauer nicht eingerichtet sein könne. Sicherlich konnte er nach manchen Aeußerungen Herders glauben, daß sie auch hierin eines Sinnes seien, und mehrfache Zeugnisse liegen vor, daß er in der That dieser Meinung war. So wenn er im September 1788 an Herder mit Bezug auf den vierten Band der „Ideen" schreibt: „Das Christenthum hast Du nach Würden behandelt; ich danke Dir für mein Theil. Ich habe nun auch Gelegenheit, von der Kunstseite es näher anzusehen, und da wirds auch recht erbärmlich. Ueberhaupt sind mir bei dieser Gelegenheit so manche Gravamina wieder rege geworden. Es bleibt wahr: Das Mährchen von Christus ist Ursache, daß die Welt noch 10 m Jahre stehen kann und niemand recht zu Verstand kommt, weil es ebenso viel Kraft des

Wissens, des Verstandes, des Begriffs braucht, um es zu
vertheidigen als es zu bestreiten. Nun gehen die Gene=
rationen durch einander, das Individuum ist ein armes
Ding, es erkläre sich für welche Partei es wolle, das
Ganze ist nie ein Ganzes, und so schwankt das
Menschengeschlecht in einer Lumperei hin und wieder, das
alles nichts zu sagen hätte, wenn es nur nicht auf Punkte,
die dem Menschen so wesentlich sind, so großen Einfluß
hätte. Wir wollen es gut sein lassen."

Aber ebenso empfing Herder die Briefe des leiden=
schaftlichen Vorkämpfers für den Offenbarungsglauben,
und ganz so meinte Hamann auf seine völlige Zustimmung
bauen zu können, wenn er an ihn Ergießungen richtete
wie diese (a. 21. April 1786): „An das philippisirende
und judaisirende Geschmier in Berlin mag ich nicht denken;
ich kann mir leicht vorstellen, daß Ihnen ebenso zu Muth
wie mir dabey gewesen sein wird. Das A und Ω läuft
im Grunde auf nichts als ein Ideal der reinen Ver=
nunft hinaus, und dadurch gewinnt man einen unend=
lichen Spielraum zu den willführlichsten Einbildungen;
von der andern Seite wird alle Wahrheit zur Schwär=
merey ..." — Und weiter: „Es geht mir mit Kant wie
ihm selbst mit den Berlinern. Mendelsohns Vorlesungen
sind ihm ein System der Täuschung, die der Mendels=
sohnischen Beschreibung eines Mondsüchtigen ähnlich ist.
Mir kommt sein ganzes System nicht um ein Haar
besser vor."

Hier liegt die entscheidende Frage! Zwischen dem
unbedingten Glauben Hamanns, dem gegenüber „der gött=
lichen Thorheit des Evangelii" die Resultate der Wissen=
schaft und der Philosophie leicht nicht mehr galten als

„wächserne Nasen, Gemächte der Sophisterey und der Schulvernunft", und Goethes freier Art, das Wesen des religiösen Bedürfnisses, wie es im Grunde des Herzens und der Seele wohnt, zu erfassen, wogegen ihm die äußere Form seiner Erscheinung als minder wichtig, sobald sie aber sich als das eigentlich Wesentliche hervordrängt, geradezu als hinderlich und verderblich erscheint, zwischen diesen Extremen steht Herder mitten inne, und man kann sich des Gefühls nicht erwehren, daß sein Standpunkt ein oscillierender ist.

Die Frage, „wie hielt es Goethe mit der Religion?" wird wohl immer verschieden und oft genug dahin beant= wortet werden: „er hatte kein Christentum". Aber die Aufrichtigkeit und Wärme seines religiösen Empfindens, die Tiefe und Klarheit und zugleich die Einfachheit seines religiösen Denkens wird durch keine seiner Aeußerungen so umfassend und deutlich bezeugt als durch das Fragment seines so groß angelegten Gedichtes, die „Geheimnisse". Mit der Kraft und Fülle des dichterischen Genius ver= kündet es die Grundanschauung, von der Lessings klarer Geist und reiches Herz durchdrungen war, mit dem in diesen Dingen eines Sinnes zu sein, Goethe gern hervor= hob. So, wenn er über Mendelssohns „An die Freunde Lessings" im Spinozastreit an Herder schreibt (20. Februar 1786): „Ich vermelde daß ich das Jüdische neuste Testa= ment nicht habe auslesen können, daß ich es der Frau v. Stein geschickt habe die vielleicht glücklicher ist, und daß ich gleich den Spinoza aufgeschlagen und von der Proposition: qui Deum amat. conari non potest, ut Deus ipsum contra amet, einige Blätter mit der größten Erbauung zum Abendsegen studirt habe. Aus allem diesem

folget daß ich euch das Testament Johannis aber und
abermals empfehle, deſſen Innhalt Moſen und die Pro=
pheten, Evangeliſten und Apoſtel begreift.

Kindlein liebt euch.

und ſo auch mich. Lebt wohl."

Die ſymboliſche Handlung des Gedichtes zeigt uns
ihren Helden, Bruder Markus, wie er von langer Reiſe
ermüdet am Abend mitten im Gebirge, nachdem er den
letzten ſteilen Gipfel erklommen, in einem lieblichen Thale
ein ſchön gebautes Kloſter ſich entgegenleuchten ſieht.
Zweierlei erfahren wir über ihn: daß er „auf erhabnen
Antrieb" ſeine lange und mühevolle Wanderung unter=
nommen hat, aber ohne daß das Ziel ihm bezeichnet
wurde; denn „außer Steg und Bahn" trifft er es endlich
an und zwar ohne zunächſt davon zu wiſſen, daß er es
erreicht hat. Nur „Spuren eines Wegs" glaubt er zu
ſehen, und Glockenklang, der ihm entgegenſchallt, erfüllt
ſeinen Geiſt „mit Ruhe und Hoffnung". Ein „geheimnis=
volles Bild", das er über der geſchloſſenen Pforte erblickt,
verſenkt ihn in tiefes Sinnen und durchdringt ihn mit
inniger Erbauung. Es iſt das chriſtliche Kreuzesſymbol,
das Zeichen,

Das aller Welt zu Troſt und Hoffnung ſteht,
Zu dem viel tauſend Geiſter ſich verpflichtet,
Zu dem viel tauſend Herzen warm geſtrebt,
Das die Gewalt des bittern Tods vernichtet,
Das in ſo mancher Siegesfahne weht.

Aber während er voll Ehrfurcht des Heiles ſich be=
wußt wird, das aus dem Glauben an dieſes Zeichen einer

halben Welt erwuchs, erstaunt er zugleich über den ganz
neuen Sinn, in dem es ihm hier entgegentritt:

> Er sieht das Kreuz mit Rosen dicht umschlungen.
> Wer hat dem Kreuze Rosen zugesellt?
> Es schwillt der Kranz, um recht von allen Seiten
> Das schroffe Holz mit Weichheit zu begleiten.
>
> Und leichte Silber=Himmelswolken schweben
> Mit Kreuz und Rosen sich emporzuschwingen,
> Und aus der Mitte quillt ein heilig Leben
> Dreifacher Strahlen, die aus einem Punkte dringen.

Die Erfindung des Bildes lehnt sich an das Zeichen
von Luthers Petschaft an, eine weiße Rose mit Christi
Kreuz in einem Herzen; aber offenbar in einem ganz
andern Sinne, als dessen Wahlspruch ihn verkündet:

> Des Christen Herz auf Rosen geht,
> Wenn's mitten unterm Kreuze steht,

ist dieses neu erfundene Bild gedacht, das „von keinen
Worten umgeben ist, die dem ‚Geheimniß‘ Sinn und
Klarheit bringen“.

In Goethes Erklärung bleibt es nicht unerwähnt;
aber sie beschränkt sich doch darauf, mit bedeutender Ge=
bärde den Leser auf das Lied selbst zu verweisen, das
denn auch vollauf genug gethan hat, das Dunkel zu er=
hellen. In der Erklärung heißt es: „Ereignet sich nun
diese ganze Handlung in der Charwoche, ist das Haupt=
kennzeichen dieser Gesellschaft ein Kreuz mit Rosen um=
wunden, so läßt sich leicht voraussehen, daß die durch
den Ostertag besiegelte ewige Dauer erhöhter menschlicher
Zustände auch hier bei dem Scheiden des Humanus sich
tröstlich würde offenbaret haben.“

Das Glaubenssymbol, das „Geheimnis" der Kloster=
gemeinschaft, welcher die Sendung des Bruder Markus
gilt, ist also in der Hauptsache das Kreuz, das Zeichen
des Christentums. Aber der harte Zug asketischer Strenge,
der Weltflucht und Schönheitsfeindlichkeit, der dem
„schroffen Holze" anhaftet, verschwindet hier in der innigen
Verbindung des erhabenen Glaubensinhaltes mit allem
zum Hohen, Großen und Schönen freudig Emportragenden,
was das menschliche Leben bietet. Aller freie Aufschwung
reichen Geisteslebens, alle bestärkende Freude edler Kunst,
aller frische Mut des reinen Lebensgenusses einen sich
nun mit dem Enthusiasmus des Glaubens, ohne ihn auf=
zulösen, vielmehr ihn desto mehr zu erfüllen. So ist das
schroffe Holz mit Rosen dicht umschlungen, und leichte
Silber=Himmelswolken umschweben es, um sich mit ihm
emporzuschwingen, während dennoch aus der innersten
Mitte her das Zeichen der Dreifaltigkeit es mit „heiligem
Leben" durchdringt, des Symbols der Einheit ewiger
Allmacht, unendlicher Liebe und unsterblich wirkender
Geisteskraft. Herders Christentum der Humanität!
Eine Läuterung des dogmatischen Offenbarungsglaubens
und eine Durchdringung seines Gehaltes mit allen er=
worbenen Schätzen humaner Kultur, dergestalt, daß darin
nun alles aufgenommen und vereinigt erscheint, was zur
Darstellung und Veredlung reiner Menschlichkeit zu irgend
einer Zeit, wo es sei, nur jemals erdacht, geschaffen und
errungen wurde!

Wenn dies der letzte und höchste Gedanke von Herders
„Ideen zur Philosophie der Geschichte" war, der aus der
freilich mehr philosophisch konstruierenden als pragmatisch=
historischen Darstellung hervorgehen sollte, so wollte in

dem „großen Gedichte" Goethe ihm ein reiches poetisches
Gewand erschaffen, wo, von dem Zwange des historischen
Details befreit, dem reinen Gedanken plastische Anschau-
lichkeit verliehen und damit ein unmittelbarer Weg zum
Herzen eröffnet werden sollte. So wäre es möglich geworden, „jede besondere Religion in dem Momente ihrer
höchsten Blüte und Frucht darzustellen", worin sie der
Annäherung an jene letzte und höchste Form der Entwickelung, ja der vollkommenen Vereinigung mit ihr fähig
wurde. „Aus allen Ländern und Zeiten hätte man das
Erfreulichste, was die Liebe Gottes und der Menschen
unter so mancherlei Gestalten hervorbringt, erfahren";
alles Verhaßte, alle Mißbräuche, alle Entartungen der
Religionen wären von selbst aus dem herrlichen Bilde
verschwunden, und „jede Anerkennung Gottes und der
Tugend, sie zeige sich auch in noch so wunderbarer Gestalt", würde Ehrfurcht und Liebe erweckend hervorgetreten
sein. So wäre eine Art von symphronistischer Darstellung entstanden, die dem Geiste, und zugleich dem
Gefühl, aus der Geschichte aller Länder und Epochen
alles das auf einmal, in einer Ueberschau gegenwärtig
gemacht hätte, was in dem einen Punkt, dem wichtigsten
von allen, was in der Frage der Annäherung an die
Gottheit durch eine innere Verwandtschaft sich als verein-
bar erwiesen hätte.

Ein tief erfaßter und genial gestalteter Gedanke
Goethes war es nun, wenn er die Religionen aller Völker
in zwölf Repräsentanten verkörperte und diese unter einem
Oberhaupte vereinigt vorführte, daß er diesen von allen
gleichmäßig verehrten Greis, den er Humanus nennt,
sich so dachte, daß er zu seinen Jahren gekommen sei,

indem er nach der Reihe in jeder der durch die zwölf
Genossen vertretenen Religionsgemeinschaften eine Zeit
seines Lebens geweilt und zur Zeit ihrer höchsten Blüte
seine Wirksamkeit entfaltet habe. Er kann also davon
den zuverlässigsten zusammenhängenden Bericht geben;
doch, wie natürlich, würde unbeschadet seiner Treue der-
selbe Bericht im Munde eines jeden der Zwölfe doch noch
anders lauten, höher gestimmt und reicher ausgestattet,
da ein jeder von ihnen das Marimum des ihm Erreich-
baren darzustellen hätte. Es gäbe auch dafür eine zu-
sammenfassende Darstellung: das wäre die überall, wo
Humanus thätig erschienen war, auftretende religiöse
Tradition von seinem Wesen und Wirken, die nach
menschlicher Weise nicht anders als wundervoll, von
Wunderzeichen meldend und von Wunderthaten erfüllt
sein konnte. Diese Tradition muß also als die ständige
Begleitung des Humanus gedacht werden, in einer Reihe
der köstlichsten Wundergeschichten alle die höchsten Er-
hebungen menschlichen Sinnens, Fühlens und menschlicher
Kraft zum Ueberirdischen und Ewigen feiernd, die An-
näherungen des Humanen zum Göttlichen bis zu ihrer
endlichen völligen Identifizierung. Bedeutet
Humanus, nach Goethes eigner Erklärung, das Wesentliche, Inhaltliche jener Erscheinungen selbst, so kann es
nicht befremden, es lag vielmehr in der Konsequenz des
ganzen Planes und ist als ein poetisch höchst glücklicher
Einfall zu schätzen, daß er auch der die sachlichen religions-
geschichtlichen Vorgänge begleitenden Tradition eine eigene
Stimme verlieh, indem er dem Humanus einen Begleiter
zugesellte. Er gewann damit die auf keine andre Weise
dichterisch so bequem und so wirksam zu erreichende Mög-

lichkeit von allen jenen Wundern zu reden, sie auf das
lebendigste einzuführen, und dem Text schon durch die
frappante Zusammenstellung die tiefste, weitgreifendste
Bedeutung unterzulegen.

Von diesem Mittel hat er in dem allein fertig ge=
wordenen, uns vorliegenden Fragment den ausgiebigsten
Gebrauch gemacht; und so konnte es geschehen, daß, ob=
wohl mit der Ausführung des eigentlichen Planes noch
nicht einmal begonnen ist, darin dennoch, gleichsam wie
in einer thematisch gearbeiteten Ouvertüre, Plan und
Inhalt des gesamten Werkes uns zum Gehör und zum
Bewußtsein kommt.

Es dürfte kaum möglich sein, für die Figur des
Greises, der den Bruder Markus empfängt und dessen
Berichte an diesen den größten und wichtigsten Teil des
Fragmentes ausmachen, ein andres Verständnis zu ge=
winnen. Einer der zwölf Repräsentanten der Welt=
religionen, von denen „jeder von einem Teil des großen
Lebenswandels des Humanus Nachricht und Auskunft
geben kann", ist er nicht, denn er „hat ihn auf des
Lebens Pfad begleitet und ist sich alter Zeiten wohl be=
wußt". Nicht völlig einverstanden ist er mit des Humanus
eigenen Erzählungen von den wunderbaren Wegen, die
die Vorsicht ihn geführt hat:

> Zwar Vieles wollt' ich lieber selbst erzählen,
> Als ich nur jetzt zu hören stille bin;
> Der kleinste Umstand sollte mir nicht fehlen,
> Noch hab' ich Alles lebhaft in dem Sinn;
> Ich höre zu und kann es kaum verhehlen,
> Daß ich nicht stets damit zufrieden bin.
> Sprech' ich einmal von allen diesen Dingen,
> Sie sollen prächtiger aus meinem Munde klingen.

Allein die Allegorisierung toter Abstraktionen ist nie und nirgends Goethes Sache gewesen; die begriffliche Notion, die er im Sinne trägt, giebt mit ihrer Stellung in dem Organismus von Beziehungen, innerhalb dessen sie wirksam ist, ihm nur den Anlaß zu einer freien Schöpfung, die nun die Aufgabe hat, jene lebendige Wirksamkeit unmittelbar vors Auge zu führen bis in weitverbreitete, überraschende Zusammenhänge und in ungeahnte Tiefen hinein.

Ein glänzendes Beispiel davon ist der greise Begleiter des Humanus, der bei allem mit gegenwärtig war, was dieser durchlebte. Daß davon „die sichre Kunde im Kleinsten auch die Nachwelt nicht verliere", darauf ist freilich auch Humanus selbst bedacht, und seine beseelte, tief ergreifende Erzählung wird von den Hörern sorglich aufgeschrieben, daß „sein Gedächtnis rein und wahrhaft bleibe". Wie könnte nun das Verhältnis zwischen der beglaubigten Kunde von den „Geheimnissen" der Religion und der sie begleitenden legendarisch-mythischen Tradition treffender bezeichnet werden, als wenn des Humanus Begleiter, den es „prächtiger von diesen Dingen zu reden" drängt, nun fortfährt:

> Als dritter Mann erzählt' ich mehr und freier,
> Wie ihn ein Geist der Mutter früh verließ,
> Und wie ein Stern bei seiner Taufe Feier
> Sich glänzender am Abendhimmel wies,
> Und wie mit weiten Fittigen ein Geier
> Im Hofe sich bei Tauben niederließ,
> Nicht grimmig stoßend und wie sonst zu schaden,
> Er schien sie sanft zur Einigkeit zu laden!

Wie abgeschmackt klänge es, wenn man sagen wollte, der Alte ist die „Tradition"! Wie annehmbar ist des

Dichters Verfahren! Er gibt dem Menschen Humanus einen menschlich gedachten Begleiter und macht ihn zum Wortführer der von jenem berichtenden Tradition, der also, indem er erzählt, doch auch zugleich fähig und geschickt ist, vom höchsten Gesichtspunkte aus seinen Stoff zu wählen und mit den höchsten Ideen ihn zu durchdringen.

Und wie wunderbar schönen Gewinn zieht der Dichter aus solcher, immerhin doch allegoristischen Darstellungsweise, woraus ein für allemal zu lernen wäre, daß dieses viel verkannte und vom Unverstand geschmähte Kunstmittel in der Hand des Meisters der höchsten poetischen Wirkungen, und die auf andre Weise gar nicht zu erreichen wären, fähig werden kann! Zwanglos und wie von selbst ergiebt sich nun jene, wie sie oben schon bezeichnet wurde, symphronistische Auffassung aller schönsten Gebilde der menschlichen Phantasie und bedeutsamsten Phasen menschlicher Entwickelungszustände, die mit zusammenordnendem Blick zu einem organischen Ganzen fügt, was immer Kunde giebt von der Erhöhung des Menschen über sich selbst und von seinem Streben sich dem Göttlichen anzuähnlichen. Da befremdet es nicht mehr, sondern regt eine Fülle der fruchtbarsten Ideen auf, wenn in einer Folge hingedeutet wird auf die Wunderzeichen bei Christi Geburt und die messianischen Weissagungen davon, dann auf die kindliche Großthat des Herakles, worin die Kraft des Halbgottes früh sich wunderbar offenbarte, die ein ganzes Leben hindurch selbstlos dem schweren Dienste für die Mitmenschen sich widmen sollte, und auf den Wunderquell, den Moses gottbegeisterte Macht dem Felsen in der Wüste entspringen ließ und der unversiegbar immerfort ihm noch entquillt.

In unübertrefflich kurzem und schlagendem Wort
weist dann diese mythische legendarische Tradition sich
aus über den ethischen Wesensgehalt und die Wirkungs=
kraft, wodurch sie von allem Reichtum sonstiger epischer
Phantasie sich unterscheidet: über alle größesten Thaten,
zu denen menschliches Vermögen gesteigert vorgestellt
werden kann, erhebt sich die sittliche Kraft, die den Kampf
mit dem eigenen Selbst aufnimmt und die im Wider=
streite nicht nur gegen die Gewalt des sich entgegen=
setzenden Schicksals, sondern noch mehr gegen die unab=
lässig hemmende Macht der Alltagsumstände den Kampf
besteht.

> Wenn einen Menschen die Natur erhoben,
> Ist es kein Wunder, wenn ihm viel gelingt;
> Man muß in ihm die Macht des Schöpfers loben,
> Der schwachen Thon zu solcher Ehre bringt;
> Doch wenn ein Mann von allen Lebensproben
> Die sauerste besteht, sich selbst bezwingt,
> Dann kann man ihn mit Freuden Andern zeigen
> Und sagen: Das ist er, das ist sein eigen!
>
> Denn alle Kraft dringt vorwärts in die Weite,
> Zu leben und zu wirken hier und dort;
> Dagegen engt und hemmt von jeder Seite
> Der Strom der Welt und reißt uns mit sich fort.
> In diesem innern Sturm und äußern Streite
> Vernimmt der Geist ein schwer verstanden Wort:
> Von der Gewalt, die alle Wesen bindet,
> Befreit der Mensch sich, der sich überwindet.

Nur auf dem so bereiteten Boden erwächst die freie
Liebesthat! Das ist der ethisch=religiöse Grundgedanke
Goethes, aus dem sein Gottesbewußtsein, seine Gottes=
empfindung quillt. Wenige Jahre, ehe er die „Geheim=
nisse" dichtete, hatte er ihn in dem herrlichen Liede „Das

Göttliche" niedergelegt, von dem man sagen könnte, daß
es die letzten Resultate spekulativen Denkens ausspricht,
wenn es nicht vielmehr Gefühl und Gesinnung wäre, an
die es sich wendet, aus denen es fließt, und die es hervorruft, das individuelle Ethos des Dichters nachahmend,
das ist, es durch die Darstellung der Aufnahme durch
andre fähig machend.

In der „Kritik der reinen Vernunft" sagt Kant von
dem Glauben an Gott und eine andre Welt*): „der Ausdruck des Glaubens ist in solchen Fällen ein Ausdruck der
Bescheidenheit in objectiver Absicht, aber doch zugleich
der Festigkeit des Zutrauens in subjectiver" ... „das
Wort Glauben aber geht nur auf die Leitung, die mir
eine Idee gibt, und den subjectiven Einfluß auf die Be-
förderung meiner Vernunfthandlungen, die mich an derselben festhält, ob ich gleich von ihr nicht im Stande bin,
in speculativer Absicht Rechenschaft zu geben."

„Aber der blos doctrinale Glaube hat etwas
Wankendes in sich; man wird oft durch Schwierigkeiten,
die sich in der Speculation vorfinden, aus demselben gesetzt, ob man zwar unausbleiblich dazu immer wiederum
zurückkehrt."

„Ganz anders ist es mit dem moralischen Glauben
bewandt" ... „der Glaube an einen Gott und eine andere
Welt ist mit meiner moralischen Gesinnung so verwebt,
daß, so wenig ich Gefahr laufe, die erstere einzubüßen,
eben so wenig besorge ich, daß mir der zweite jemals ent-
rissen werden könne."

Ganz ebenso gründet Goethe das Gottesbewußtsein

---

*) Vgl. Ausg. K. u. S. II. S. 637 ff.

auf die moralische Natur des Menschen als auf seine sicherste Stütze:

Edel sei der Mensch,	Heil den unbekannten
Hilfreich und gut!	Höhern Wesen,
Denn das allein	Die wir ahnen!
Unterscheidet ihn	Ihnen gleiche der Mensch*),
Von allen Wesen	Sein Beispiel lehr' uns
Die wir kennen.	Jene glauben!

Bei dem hinreißenden Eindruck, den das Lied hervorbringt, entgeht es leicht der Wahrnehmung, wie sorgfältig und streng logisch es entworfen und disponiert ist. Die Begründung des Schlußsatzes der zweiten Strophe folgt in der siebenten; sie wendet sich unverkennbar, zwar stillschweigend, aber darum nicht minder entschieden, gegen die spinozistische Auffassung, wonach das Weltganze uns nichts zeigt als den eisernen Vollzug unverbrüchlich geltender Gesetze der Notwendigkeit, indem sie unbedingt die Anerkennung der Willensfreiheit ausspricht. Durch jeden Akt einer moralischen Entschließung tritt eine neue causa finalis in den Weltlauf ein, die für sich wieder Folgewirkungen von ewiger Dauer hervorzubringen vermag. In ihr ist das sonst überall geltende Gesetz aufgehoben, und, während sonst im ewigen Wechsel alles vergeht, kann sie den Moment der Entschließung mit einem Inhalte erfüllen, der als eine neue Schöpfung von immerwährendem Bestande ist.

> Nur allein der Mensch
> Vermag das Unmögliche;

*) Der Vers, der in der ursprünglichen Fassung steht und später weggefallen war, ist in der Weimarer Ausgabe, sicherlich mit Recht, wieder aufgenommen.

> Er unterscheidet,
> Wählet und richtet;
> Er kann dem Augenblick
> Dauer verleihen.

Jedes dieser vier Prädikate entspricht in logisch genauester Anordnung einer der vier vorangehenden Strophen.

Der Mensch „unterscheidet", während außerhalb seiner sittlichen Freiheit allerdings völlig unbekümmert um ihre Gesetze die Kräfte des Weltalls nach ihren eigenen Gesetzen sich bewegen. Mit biblischem Worte drückt das die dritte Strophe aus:

> Denn unfühlend
> Ist die Natur:
> Es leuchtet die Sonne
> Ueber Bös' und Gute,
> Und dem Verbrecher
> Glänzen wie dem Besten
> Der Mond und die Sterne.

Der Mensch „wählet"; die Naturkräfte erscheinen willkürlich in ihrem Walten, weil sie nur aus der mechanischen Wirkung der Stoffe resultieren:

> Wind und Ströme,
> Donner und Hagel
> Rauschen ihren Weg
> Und ergreifen
> Vorübereilend
> Einen um den Andern.

Er „richtet", das sogenannte Schicksal, die Resultante der äußern Geschehnisse, ist blind:

> Auch so das Glück
> Tappt unter die Menge,

Faßt bald des Knaben
Lockige Unschuld,
Bald auch den kahlen
Schuldigen Scheitel.

Der Mensch allein „kann dem Augenblick Dauer
verleihen"; außerhalb der Sphäre seines sittlichen Han=
delns herrscht überall die strenge Notwendigkeit, die den
Dingen ihren Anfang und das Ende bestimmt:

Nach ewigen, eh'rnen,
Großen Gesetzen
Müssen wir Alle
Unseres Daseins
Kreise vollenden.

Doch, wie es in den „Geheimnissen" heißt: „von
der Gewalt, die alle Wesen bindet, befreit der Mensch
sich, der sich überwindet." Im sittlich befreiten Handeln
findet der Mensch die Ahnung, die Erkenntnis des Gött=
lichen und den Weg, sich der Gottheit zu nähern. So
schließt das Lied, indem es den Gedanken der siebenten
Strophe zunächst noch weiter ausführt und dann auf die
im Eingang berührte Grundidee des Ganzen zurückweist:

Er allein darf
Den Guten lohnen,
Den Bösen strafen,
Heilen und retten,
Alles Irrende, Schweifende
Nützlich verbinden.

Und wir verehren
Die Unsterblichen,
Als wären sie Menschen,
Thäten im Großen,
Was der Beste im Kleinen
Thut oder möchte.

Der edle Mensch
Sei hilfreich und gut!
Unermüdet schaff' er
Das Nützliche, Rechte,
Sei uns ein Vorbild
Jener geahneten Wesen

Es wurde oben gesagt, daß in dem zustande gekom=
menen Fragment der „Geheimnisse" gleichsam program=
matisch die Intention des Ganzen zu erkennen sei; das
zeigt sich hier in der Erzählung des Alten. Das Licht,
das er durch die tiefsinnige Vereinigung christlicher,
griechischer und jüdischer Mythen auf die Geburt und
auf die Jugend des Humanus geworfen, zeigt ihn uns
als durch die Gottheit zum Höchsten ausgerüstet, berufen
und auserwählt; daß es aber des Menschen Beruf ist,
die Anlage zum Göttlichen aus sich selbst heraus zu ent=
wickeln, und daß diese zum Göttlichen leitende Entwicke=
lung bei den Führern wie bei den Nachfolgern einzig
und allein in der befreienden sittlichen Selbstüberwindung
liegt, die den Boden bildet für die edle, hilfreiche Liebes=
that, das ist das Thema für die Fortsetzung des Berichtes
von dem Lebensgange des Humanus.

In symbolischer Kürze und Wucht verkündet der
Dichter hier Grundüberzeugungen, an denen er sein
Lebenlang festhielt und auf die er auch im späten Alter
gern und ausführlich zurückkam. Es sind die Tugenden
der Ehrfurcht, der Demut und des Gehorsams,
denen er für die sittliche und religiöse Erziehung den
höchsten Wert beilegt. Die Mittel der poetischen Ein=
fleidung für seine Ideen bieten ihm in der Erzählung
des Alten ganz allgemein gehaltene Hindeutungen auf
Hauptzüge der mittelalterlich=christlichen Entwickelung der
europäischen Menschheit. Diese Züge liefert das von
seiner Glanzseite angeschaute Bild der Erziehung zum
geistlichen Rittertum: strenger Dienst, entsagungsvolle
Vorbereitung zur Hingabe der Persönlichkeit mit ihrer
ganzen Kraft zu der Aufgabe, die Kranken zu heilen, die

Schwachen zu beschützen, den Unterdrückten zu helfen, die
Gefangenen zu befreien, bis der Zögling mit voller
Würdigkeit in alle Rechte des idealen Ordens eintritt.
Allen diesen Prüfungen unterwirft er sich nicht gezwungen,
sondern freudig dem innersten Triebe der Seele folgend:

> Wie frühe war es, daß sein Herz ihn lehrte,
> Was ich bei ihm kaum Tugend nennen darf,
> Daß er des Vaters strenges Wort verehrte
> Und willig war, wenn jener rauh und scharf
> Der Jugend freie Zeit mit Dienst beschwerte,
> Dem sich der Sohn mit Freuden unterwarf,
> Wie elternlos und irrend wol ein Knabe
> Aus Noth es thut um eine kleine Gabe!
>
> Die Streiter mußt' er in das Feld begleiten
> Zuerst zu Fuß bei Sturm und Sonnenschein,
> Die Pferde warten und den Tisch bereiten
> Und jedem alten Krieger dienstbar sein.
> Gern und geschwind lief er zu allen Zeiten
> Bei Tag und Nacht als Bote durch den Hain;
> Und so gewohnt, für Andre nur zu leben,
> Schien Mühe nur ihm Fröhlichkeit zu geben.
>
> Wie er im Streit mit kühnem, muntrem Wesen
> Die Pfeile las, die er am Boden fand,
> Eilt' er hernach, die Kräuter selbst zu lesen,
> Mit denen er Verwundete verband;
> Was er berührte, mußte gleich genesen,
> Es freute sich der Kranke seiner Hand.
> Wer wollt' ihn nicht mit Fröhlichkeit betrachten!
> Und nur der Vater schien nicht sein zu achten.
>
> Leicht wie ein segelnd Schiff, das keine Schwere
> Der Ladung fühlt und eilt von Port zu Port,
> Trug er die Last der elterlichen Lehre,
> Gehorsam war ihr erst- und letztes Wort;
> Und wie den Knaben Lust, den Jüngling Ehre,
> So zog ihn nur der fremde Wille fort.
> Der Vater sann umsonst auf neue Proben,
> Und wenn er fordern wollte, mußt' er loben.

Zuletzt gab sich auch dieser überwunden,
Bekannte thätig seines Sohnes Werth;
Die Rauhigkeit des Alten war verschwunden,
Er schenkt' auf einmal ihm ein köstlich Pferd;
Der Jüngling ward vom kleinen Dienst entbunden,
Er führte statt des kurzen Dolchs ein Schwert.
Und so trat er geprüft in einen Orden,
Zu dem er durch Geburt berechtigt worden.

So könnt' ich dir noch tagelang berichten,
Was jeden Hörer in Erstaunen setzt;
Sein Leben wird den köstlichsten Geschichten
Gewiß dereinst von Enkeln gleichgesetzt;
Was dem Gemüth in Fabeln und Gedichten
Unglaublich scheint und es doch hoch ergetzt,
Vernimmt es hier und mag sich gern bequemen,
Zwiefach erfreut, für wahr es anzunehmen.

Sehr schön und treffend hebt dieser Schluß den
doppelten Reiz aller der Wundererzählungen hervor, die
das Gedicht auf seinen Helden Humanus zusammenhäuft:
zu den Schönheiten des reichen Schmuckes der Phantasie,
in dem sie erglänzen, die höhere Schönheit ihrer inneren,
unvergänglich für alle Zeiten sich erneuernden Wahrheit,
die sie im philosophischen Sinne der Geschichte gleichstellt.

Wie hier, dem vorspielartigen Charakter der Dichtung entsprechend, die Erzählung kurz abbricht, so folgt
bald darauf die Skizze eines zweiten Hauptmotivs, das
aber noch weniger durchgeführt ist und in dem Fragment
auch ohne weitere Folge bleibt. Es geht wohl auf die
„Geheimnisse", was Goethe anfangs Juni 1785 an
Herder schreibt: „Hier schick' ich dir, was du wohl noch
nicht gesehen hast. Ich konnte es nicht einmal endigen,
geschweige durcharbeiten, deswegen fehlt den Versen noch
hier und da das Runde und Glatte."

Die beiden Uebergangsstrophen (30 und 31) zu der
neuen Wendung des Gedichts haben in hohem Maße ein
solches präliminarisches Aussehen. Stellen wie diese:
„Und wir ergetzen uns noch manche Wochen an Allem,
was er uns erzählen soll" fallen aus dem epischen Tone,
noch mehr die Schlußverse der 31. Strophe, die überhaupt
den Eindruck bloßen Füllwerkes hervorruft:

> Und da nun Markus nach genossnem Mahle
> Dem Herrn und seinen Wirthen sich geneigt,
> Erbat er sich noch eine reine Schale
> Voll Wasser, und auch die ward ihm gereicht.
> Dann führten sie ihn zu dem großen Saale,
> Worin sich ihm ein seltner Anblick zeigt.
> Was er dort sah, soll nicht verborgen bleiben,
> Ich will es Euch gewissenhaft beschreiben.

Offenbar handelt es sich um den Kapitelsaal, der
für die Versammlung der zwölf Ordensritter und ihres
Obern, des Humanus, bestimmt war; denn er enthält
nichts als dreizehn zierlich geschnitzte Chorstühle und über
jedem einen Schild mit einem bedeutungsvollen Wappen=
bilde, auf dem mittelsten, also dem des Humanus, zum
zweitenmal das Kreuz mit Rosenzweigen. Doch nur von
zweien der symbolischen Bilder erhalten wir die Be=
schreibung:

> So müd' er ist, wünscht er noch fortzuwachen;
> Denn kräftig reizt ihn manch und manches Bild:
> Hier sieht er einen feuerfarbnen Drachen,
> Der seinen Durst in wilden Flammen stillt,
> Hier einen Arm in eines Bären Rachen,
> Von dem das Blut in heißen Strömen quillt;
> Die beiden Schwerter hingen gleicher Weite
> Beim Rosenkreuz zur recht= und linken Seite.

Mag auch der Alte dem Bruder Markus sagen:

> Laß' diese Bilder dich zu bleiben laden,
> Bis du erfährst, was mancher Held gethan.
> Was hier verborgen, ist nicht zu errathen,
> Man zeige denn es dir vertraulich an.

Für uns, die wir nichts weiter erfahren, muß das Gegebene zur Deutung genug sein; und wenn in solchen Dingen eine unbestreitbare Entscheidung nicht möglich ist, so dürfte doch hier des Dichters Meinung recht wohl „zu errathen" sein.

Ein ebenso überflüssiges als vergebliches Unternehmen dürfte es sein, Vermutungen darüber anzustellen, welche zwölf Religionen Goethe sich in seinem „ideellen Montserrat" vertreten dachte; es genügt vollkommen, wenn man sich die gesamte religionsgeschichtliche Entwickelung in ihren wichtigsten Phasen dabei vorstellt. Daran aber dürfte kaum zu zweifeln sein, daß das Christentum mit seiner vielgestaltigen, weithin ausgebreiteten und in vielen Partien so deutlich vor uns liegenden Entwickelungsgeschichte dabei unmöglich auf einen einzigen Vertreter beschränkt vom Dichter gedacht werden konnte. Vielmehr muß eine äußerst kräftig in die Augen springende Differenzierung wohl unzweifelhaft angenommen werden. Beachtet man nun, daß die beiden so höchst prägnant gewählten Bilder in gleicher Weite zu beiden Seiten des rosenumwundenen Kreuzes hängen, des Symboles für das freudige, abgeklärte Christentum, in dem „der Friede Gottes" wohnt, so sieht man durch die eigentümliche, in gewissem Sinne gleichartige Natur der Bilder einen sehr interessanten Gedanken des Dichters sich nahe gelegt. In aller Religion ist das weitaus am meisten Charakteristische die Auffassung von dem Verhältnis des sündigen Menschen zur Gottheit, die Frage, ob bei ihr eine Vergebung der Sünde gefunden wird, und wie sie errungen werden kann. Und wie von selbst springen nun die fundamentalen Gegensätze in die Augen, in denen hauptsächlich sich die heftigen Kämpfe der christlichen Konfessionen bewegt haben und noch bewegen. Stellt man sich vor, daß wie in dem ganzen Gedicht so auch hier es dem Dichter darum zu thun war, die großen nebeneinander wirksamen Prinzipien zu erfassen, so erscheint es einfach und natürlich, wie er das geläuterte Christentum des Humanus aus zwei extrem kontrastierenden religiösen Dispositionen sich abklärend vorstellen wollte. Das wäre auf der einen Seite der Glaube an die ewige Verdammnis des Sünders, aus deren Höllengluten er nur durch die von Gott eigens hierzu geordnete Vermittelung der Kirche befreit werden kann, also der Gemütszustand einer durch gläubiges Vertrauen aufgehobenen Gewissensfurcht, wie ihn der Katholizismus zur Basis seiner ungeheuren praktischen Erfolge macht; dem gegenüber stünde die mächtige, tief innerliche Geistesbewegung, die eine von außen her kommende Absolution zurückweist und in rücksichtslosem, unerbittlichem Wahrheitssinn von der Seele das heiße Ringen, den zerfleischenden Kampf mit dem geängstigten Gewissen verlangt, bis sie sich selbst wert gemacht hat, den Frieden der Vermittelung zu empfangen, wie in solcher leidenschaftlichen Energie Calvins Feuergeist den Begriff der Metanoia in unzähligen Herzen lebendig gemacht hat. Fegefeuer und Metanoia, die Angst vor dem geöffneten Höllenrachen und die Qualen wütender Gewissensbisse: man sieht, daß die Phantasie des Dichters,

wie es überall seine Art ist, nur den schon in der Sprache
vorhandenen Keim zur Gestaltenbildung sich hat entfalten
lassen, wenn er in gleicher Weite von der schönen Mitte
des rosenumwundenen Kreuzes die beiden Bildsymbole
darstellt:

> Hier einen feuerfarbnen Drachen,
> Der seinen Durst in wilden Flammen stillt,
> Hier einen Arm in eines Bären Rachen,
> Von dem das Blut in heißen Strömen quillt.

Es sind wahrlich die inhaltvollsten Geheimnisse, von
denen hier die Rede ist, die im Mittelpunkt der unge=
heuren Katastrophen der Geschichte stehn, die bewegenden
Kräfte in der historischen Entwickelung und ihrer fort=
schreitenden Bewegung, die man trotz aller Zweifel doch
zu erkennen meint, wenn man versucht, die Summe
dessen zu ziehen, was in solchen Kämpfen denn doch
zuletzt erreicht worden ist! Obwohl, mehr oder weniger
verschleiert, der alte Streit sich doch auch täglich noch
erneuert! Wie bedeutungsvoll erscheinen, versteht man
den Dichter so, die Schlußworte des Alten an Markus:

> Du ahnest wohl, wie Manches hier gelitten,
> Gelebt, verloren ward, und was erstritten!
>
> Doch glaube nicht, daß nur von alten Zeiten
> Der Greis erzählt, hier geht noch Manches vor;
> Das, was du siehst, will mehr und mehr bedeuten,
> Ein Teppich deckt es bald und bald ein Flor.

Allein mehr und mehr drängt sich dabei die Haupt=
frage des Ganzen auf und verlangt ihre Lösung: was
bedeutet es, daß aus dem glücklichen Kreise der idealen
Klostergemeinschaft das von allen anerkannte und verehrte
Haupt nun scheiden soll, daß „Humanus" aus ihrer

Mitte hinweggenommen wird? Es ist der erste wichtige
Umstand, der uns gleich im Beginn der Handlung ent=
gegentritt, und dieser Umstand beherrscht das Ganze; die
„Sendung“ des Bruder Markus, die „dem Befehle
höherer“ Wesen entspringt, wird doch eben durch das
Hinscheiden des Humanus notwendig gemacht! Wie ein
„Gesandter“ wird er empfangen:

> Willkommen, ruft zuletzt ein Greis, willkommen,
> Wenn deine Sendung Trost und Hoffnung trägt!
> Du siehst uns an; wir Alle stehn bekommen,
> Obgleich dein Anblick unsre Seele regt.
> Das schönste Glück, ach! wird uns weggenommen,
> Von Sorgen sind wir und von Furcht bewegt.
> Zur wicht'gen Stunde nehmen unsre Mauern
> Dich Fremden auf, um auch mit uns zu trauern.
>
> Denn ach! der Mann, der Alle hier verbündet,
> Den wir als Vater, Freund und Führer kennen,
> Der Licht und Muth dem Leben angezündet,
> In wenig Zeit wird er sich von uns trennen,
> Er hat es erst vor Kurzem selbst verkündet;
> Doch will er weder Art noch Stunde nennen.
> Und so ist uns sein ganz gewisses Scheiden
> Geheimnißvoll und voller bittrer Leiden.

Goethes erläuterndes Wort beschränkt sich, lakonisch
genug, auf das folgende: „Und nun konnte nach langem
Zusammenleben Humanus gar wohl von ihnen scheiden,
weil sein Geist sich in ihnen allen verkörpert, allen an=
gehörig, keines eigenen irdischen Gewandes mehr bedarf.“

Der Geist des Humanus bedarf keines eigenen
irdischen Gewandes weiter! Man muß, um die innere
Haltung, das Ethos des Gedichtes, das in diesem Ge=
danken gipfelt, recht zu verstehen, sich die religiöse Ent=
wickelung Goethes vergegenwärtigen, die — auch darin

ist er eine Norm gewesen — zugleich die des Zeitalters war.

Eine von tiefer Religiosität genährte, von strenger protestantischer Kirchlichkeit gepflegte Kindheit, ein Jünglingsalter, das mit aufgeregter Phantasie und überströmender Empfindung sich dem pietistischen Bedürfnis einer unmittelbaren Vereinigung mit den himmlischen Personen hingab, einer sehnsuchtsvollen Versenkung in die süße Erhabenheit ihrer göttlichen „Geheimnisse"; eine durch immense Geistesarbeit früh erworbene Mannheit, die ihn nicht nur aus den Irrwegen der Schwärmerei, sondern auch aus den Formen des überlieferten Kirchentums hinausführte, ohne daß er doch — was so vielen geschah — die Religion und mit ihr das pietätvolle Verständnis für allen wesentlichen Gehalt der überlieferten kirchlichen Formen einbüßte.

An der Neige des Jahrhunderts stand er zwischen unvermittelten, sich hart bekämpfenden Gegensätzen; neben einem Klopstock, der den kindlich-jugendlichen religiösen Standpunkt einseitig durch sein ganzes Leben in seinem Denken festhielt und in seinem Dichten entwickelungslos fort und fort verkündete, den Zusammenhang mit seiner Zeit mehr und mehr verlierend; neben einem Jacobi, der einen weichen, gefühlsseligen Mysticismus mit philosophischer Spekulation zu versöhnen und logisch zu stützen vergeblich sich abmühte; neben dem ausschließenden und überhebenden Glaubenseifer eines Lavater, einem Fritz Stolberg, der „ein Unfreier wurde"; und andrerseits gegenüber dem ganzen Ansturm des Zeitalters der Aufklärung, der tumultuarischen Gebärdung des radikalen Rationalismus, der mannigfachen Anmaßungen aller Arten

des sektiererischen Hochmutes, aller Schattierungen des
Zweifels und der Verneinung bis zur Ableugnung des
Geistes selbst und zur Verhöhnung des Heiligen, wie sie
namentlich aus der philosophischen, belletristischen und
publizistischen Litteratur des Nachbarlandes herüberhallten.
Aus dem chaotischen Gewirr des überall wogenden Kampfes
schien eine große historische Thatsache als sich allmählich
vollziehend oder auch als schon vollzogen vor das Be=
wußtsein zu treten, von der über kurz oder lang eine
Umgestaltung der religiösen Verhältnisse, zuletzt wohl auch
der kirchlichen Formen ihren Ausgangspunkt nehmen mußte.
Diese Thatsache war: der unaufhaltsam fortschrei=
tende Auflösungsprozeß des Glaubens an die
geschichtliche Wahrheit der Ueberlieferungen, die
von den christlichen Symbolen, von seinen „Ge=
heimnissen" handeln. An dieser Auflösung arbeitete gleich=
mäßig die Philosophie, die philologische und historische
Kritik, der mächtige Aufschwung der naturwissenschaftlichen
Erkenntnis, die täglich wachsende Kunde von Ländern,
Völkern und ihrer Kultur und, mehr als alles das zu=
sammengenommen, die aus alledem neu und überwältigend
emporwachsende Einsicht in die großen Gesetze des Ent=
wickelungsganges der Menschheit, der „Erziehung des
Menschengeschlechtes". Eilte jedoch dieser Auflösungs=
prozeß in Frankreich gradaus der Zerstörung zu, so wurde
er bei uns in Deutschland durch überlegene Geister ganz
andern Zielen zugelenkt, durch Kant und Lessing, die
großen Führer unsrer geistigen Erziehung, denen sich
Herder und Goethe würdig zur Seite stellen, um
nicht aufzulösen, sondern zu erfüllen!

Es sei noch einmal an das Herdersche Wort aus

dem neunten Buch der „Ideen" erinnert von den leergewordenen Symbolen der Religionen, von dem „falschen
Schein, der an die Stelle der verlorenen Wahrheit tritt",
von der „Geschichte aller Geheimnisse auf der Erde,
die anfangs viel Wissenswürdiges verbargen, zuletzt aber,
insonderheit seitdem menschliche Weisheit sich von ihnen
getrennt hatte, in elenden Tand ausarteten"!

Keinem fühlte Goethe sich in diesen Fragen näher
als Lessing; wie er hatte auch Lessing aus ererbter streng
kirchlicher Religiosität zur vollen Freiheit sich durchgekämpft,
und wenn er für sich aus ihren Formen heraustrat, so
blieb ihm mit dem tiefen Verständnis ihres Ursprunges
und ihrer Bedeutsamkeit die Ehrfurcht vor ihnen, und
wenn er sich gezwungen sah, den schädlichen Dienst des
abgestorbenen Buchstabens zu bekämpfen, so geschah es,
um ihn durch den Geist, aus dem er einst geboren war,
neu zu beleben.

In dem weitschauenden Geist und in dem milden
Sinne, der aus Lessings letzten religiösen Vermächtnissen
zu uns spricht, hat auch Goethe es unternommen, in
seinem „großen Gedichte" von den religiösen „Geheimnissen" zu reden.

Aller Streit, ja sogar alle Kritik sollte hier ferne
bleiben; sein versöhnlicher Sinn, sein fruchtbarer Geist
suchte überall die positiven Kräfte auf und strebte auch
das „Irrende, Schweifende nützlich zu verbinden". In
der reinen Gesinnung der Achtung vor jeder Aeußerung
echter Religiosität vereinigt er in der Lichtgestalt des Humanus „das Erfreulichste, was überall die Liebe Gottes
und der Menschen unter so mancherlei Gestalt her-
vorbrachte", und wenn als das Zeichen solcher Vereinigung

das rosenumwundene Kreuz erscheint, so ist ja wohl un=
zweifelhaft, daß in einem von Verfolgungssucht und Dog=
menhader gereinigten Christentum, in seinem mit lauterer
Herzensinbrunst erfaßten Symbolen jene durch den Hu=
manus verkörperte Vereinigung erkannt werden sollte.

Wie ein schneidendes Weh geht es daher durch die
stille und heilige Gemeinde, als Humanus selbst sein ganz
gewisses Scheiden ihr verkündet, obwohl „er weder Art
noch Stunde nennen will", und seine Gläubigen so voll
Furcht und Sorgen von dem Verluste ihres schönsten
Glückes sich bedroht sehen.

Die vielgeliebten Symbole, bei deren schwer zu deu=
tenden Geheimnissen die betrachtende Seele sich so „gar
vieles bilden" kann, wo „ein Gegenstand zu dem andern
fortzieht", sollen unwiderbringlich dahingehen, ohne daß
den bitter Leidenden die Hoffnung auf einen tröstlichen
Ersatz sich zeigt.

Das ist die Situation, wie sie Bruder Markus vor=
findet, und schon sein bloßes Erscheinen bewegt die ge=
drückten Gemüter mit einem neuen, noch nicht verstan=
denen Leben.

Wer ist nun Bruder Markus, und woher gesandt?

Die Erklärung sagt: „Damit aber ein so schöner
Bund nicht ohne Haupt und Mittelsperson bleibe, wird
durch wunderbare Schickung und Offenbarung der arme
Pilgrim Markus in die hohe Stelle eingesetzt, der ohne
ausgebreitete Umsicht, ohne Streben nach Unerreichbarem,
durch Demuth, Ergebenheit, treue Thätigkeit im frommen
Kreise gar wohl verdient, einer wohlwollenden Gesell=
schaft, so lange sie auf der Erde verweilt, vorzustehen."

Hier bleibt wieder ebensoviel zu erraten, als gesagt

worden ist; doch spricht auch hier das Gedicht für sich selbst. Es zeigte uns den Pilgrim, wie er in tiefes Sinnen versunken vor dem Klosterportal steht, das geheimnisvolle Bild des Rosenkreuzes betrachtend, aus dessen Mitte ein heilig Leben dreifacher Strahlen quillt:

> Er klopft zuletzt, als schon die hohen Sterne
> Ihr helles Auge zu ihm nieder wenden.
> Das Thor geht auf, und man empfängt ihn gerne
> Mit offnen Armen, mit bereiten Händen.
> Er sagt, woher er sei, von welcher Ferne
> Ihn die Befehle höhrer Wesen senden.
> Man horcht und staunt. Wie man den Unbekannten
> Als Gast geehrt, ehrt man nun den Gesandten.
>
> Ein Jeder drängt sich zu, um auch zu hören,
> Und ist bewegt von himmlischer Gewalt;
> Kein Odem wagt den seltnen Gast zu stören,
> Da jedes Wort im Herzen wiederhallt.
> Was er erzählet, wirkt wie tiefe Lehren
> Der Weisheit, die von Kinderlippen schallt:
> An Offenheit, an Unschuld der Geberde
> Scheint er ein Mensch von einer andern Erde.

Welchem hohen Vorbilde entspräche diese Schilderung mehr als dem Bilde des Stifters der christlichen Religion, Jesus von Nazareth, wie es nach seinen Handlungen und Reden einzig in seiner Einfachheit und Erhabenheit uns vor der Seele steht!

Goethe beabsichtigte in der Person des Markus die echte Nachfolge Jesu zu verkörpern, wie sie als das Wesen und der Inhalt der christlichen Religion unvergänglich bestehen bleibt, auch wenn ihre Symbole schwinden und ihre Formen sich wandeln. Von allen „Geheimnissen", von denen im Lauf der Zeit in reichem Schmuck der Bau des Christentums umgeben wurde, bliebe dann

nur das eine höchste, das wie alle höchsten Geheimnisse
doch zugleich ein offenbares wäre: daß die Einfachheit
das Siegel der letzten Vollendung ist, daß sie aus un=
schuldiger Reinheit und offener Wahrheit allein erwachsen
kann, und daß, wie sie die Frucht der lauteren Selbst=
losigkeit ist, aus ihr die unendliche Liebe quillt, welche
die Welt erlöst.

Uebernimmt solche Gesinnung das Führeramt, dann
mögen die Formen christlicher Gottesverehrung fortbestehen
„in mancherlei Gestalt" oder sich wandeln und vergehen,
die symbolischen Geheimnisse gläubig verehrt werden oder
der Auflösung verfallen: es wird die ewige Dauer wahr=
haft christlicher Religiosität und Religionsgemeinschaft dann
erst recht besiegelt sein, weil solche Führerschaft den tren=
nenden Streit aufhebt und, was in aller Welt an echt
religiösem Sinne lebt, vereinigend um sich sammelt!

Wer aber soll sie einsetzen, wie soll sie sich gestalten,
wie ausgeübt werden? Der Dichter gibt uns keine aus=
drückliche Antwort, er deutet sie nur an. Wie wenig
sagt er uns von Bruder Markus, und doch übt er die
Kunst, durch leisen Wink und Hindeutung zu wirken, so
meisterlich, daß wir ein volles, rundes Bild von seinem
Helden empfangen, auch durch das, was eben nicht über
ihn ausgesagt wird. Voll tiefer Ehrfurcht steht er vor
dem Mysterium des Symboles der Humanusgemeinde,
aber die Weisheit seiner Lehren schallt wie von Kinder=
lippen und dringt auch ohne Mysterium mit heimlicher
Gewalt zum innersten Herzen, und ohne den Anspruch
auf Herrschaft, ohne Umkleidung mit dem Schimmer ge=
weihter Würde trägt er doch den unzerstörbaren Charakter
echter, schlichter Hoheit, wie ein „Mensch von einer andern

Erde". Darin liegt die Antwort auch auf die übrigen
Fragen. Die Erklärung spricht von einer „wunderbaren
Schickung und Offenbarung, die den armen Pilgrim
Markus in die hohe Stellung einsetzt", das Gedicht von
„den Befehlen höherer Wesen, die ihn senden". Wie es
eine natürliche Offenbarung in der äußeren Schöpfung
giebt und im Gewissen, die von jeher zu allen Völkern
gesprochen hat, „also daß sie keine Entschuldigung haben",
ebenso giebt es eine natürliche Offenbarung in der Zeit
und in der Geschichte, und es ist eine Auffassung möglich,
die alle Ueberlieferung von unmittelbar eingreifender,
direkter Offenbarung nur als die durch den überwältigen=
den Eindruck hervorgerufene wundervolle Einkleidung be=
trachtet für das Hervortreten dessen, was in der Zeit sich
erfüllt hatte und nun geschichtlich wirkende Macht ward,
Geist, der Fleisch wurde. Solche Offenbarung, wann
stürbe sie jemals aus? Es kommt nur darauf an, ihre
Stimme zu vernehmen, die immer von oben kommt, und
ihrer Weisung zu folgen. Sie wirkt, wo sie auftritt,
durch ihr bloßes Erscheinen, ihre Kennzeichen sind lautere
Wahrhaftigkeit und selbstlose Hingabe, und in jedem Kreise
wird sie alsobald durch „Demut, Ergebenheit und treue
Thätigkeit" nach ihrem Werte und ihrer hohen Sendung
sich kundbar machen.

Der Grundgedanke des Liedes wäre also dieser:

Der Glaube an die geschichtliche Realität der
christlichen Symbole ist selbst in dem engen Kreise,
wo sie die reinste, geläuterte Auffassung finden, im
Schwinden begriffen. Unvergänglich aber bleibt
die Realität des Gehaltes, dem sie entsprangen.
Der Vorgang bedeutet keine Revolution; die Neu=

bildung bedarf nicht des durchgreifenden Auftretens eines Reformators, sondern in stiller organischer Wandlung macht die Summe religiösen Anschauens, Fühlens und Denkens, die, ein Produkt der gesamten menschlichen Entwickelung, in der reinen Lehre Jesu enthalten ist, in ihrer einfachen Gestalt an Stelle der geheimnisvoll symbolischen unmittelbar sich geltend, durch ihre innere Hoheit des Führeramtes für immer sicher. Eine Religion also ohne Geheimnis? Schwerlich, oder vielmehr sicherlich nicht, war das Goethes Meinung. Die „Geheimnisse" schwinden, aber das Geheimnis bleibt. Das große Geheimnis der Natur und das größere Geheimnis des Geistes, die beide doch nur ein verschieden gefaßter Ausdruck sind für das eine größte Geheimnis, daß das Unbegreifliche uns Gewißheit ist.

Das Fragment selbst ist nicht weit genug hinausgeführt, als daß diese Lösung darin zum vollen Ausdruck hätte gelangen können; aber es wird keinem Aufmerksamen entgehen, daß diese Grundauffassung auch das vorhandene Fragment durchweg erfüllt und darin deutlich zum Gefühl gebracht würde, auch wenn die Gewähr dafür in Goethes Erklärung nicht vorläge. Die Stelle ist äußerst merkwürdig, weil sie in unscheinbarster Form eine ebenso einfache als tiefsinnige Interpretation des Auferstehungsdogmas enthält:

„Ereignet sich nun diese ganze Handlung in der Charwoche, ist das Hauptkennzeichen dieser Gesellschaft ein Kreuz mit Rosen umwunden, so läßt sich leicht voraussehen, daß die durch den Ostertag besiegelte ewige Dauer erhöhter menschlicher Zustände auch hier beim Schei-

den des Humanus sich tröstlich würde offenbart haben."
Wenn Goethe von dem „geistreich aufgeschlossenen Wort"
sagte, daß es „für die Ewigkeit wirke", wie mußte er
durchdrungen sein von der Ueberzeugung, daß die Per=
sönlichkeit, zumal die ethisch=religiöse, in der höchsten
Kraft und Erhabenheit der Erscheinung wie durch ein
Wunder in immer erneuter lebendiger Gegenwart fort
und fort befreiend, Liebe beweisend sich thätig erweisen
müsse!

Aber jene in der historischen Tradition so wunder=
kräftig bewährten Symbole, jene tröstlichen Geheimnisse,
denen „viel tausend Geister sich verpflichtet, zu denen viel
tausend Herzen warm gefleht", sollten sie ganz dahin=
sinken können, sollte von der in ihnen lebendigen Wunder=
kraft nichts erhalten bleiben? Dieser Frage gilt die selt=
same allegorische Erfindung, mit der das Fragment
schließt.

Aus kurzem Schlaf wird Markus durch den Ton
der Klosterglocke geweckt, „dem Ruf zur Andacht folgt der
Himmelsjohn", er eilt zur Kirche und findet das
Schloß verriegelt:

Und wie er horcht, so wird in gleichen Zeiten
Dreimal ein Schlag auf hohles Erz erneut,
Nicht Schlag der Uhr und auch nicht Glockenläuten,
Ein Flötenton mischt sich von Zeit zu Zeit;
Der Schall, der seltsam ist und schwer zu deuten,
Bewegt sich so, daß er das Herz erfreut,
Einladend ernst, als wenn sich mit Gesängen
Zufriedne Paare durch einander schlängen.

Er eilt ans Fenster, dort vielleicht zu schauen,
Was ihn verwirrt und wunderbar ergreift;
Er sieht den Tag im fernen Osten grauen,
Den Horizont mit leichtem Duft gestreift,

Und — soll er wirklich seinen Augen trauen? —
Ein seltsam Licht, das durch den Garten schweift;
Drei Jünglinge mit Fackeln in den Händen
Sieht er sich eilend durch die Gänge wenden.

Er sieht genau die weißen Kleider glänzen,
Die ihnen knapp und wohl am Leibe stehn,
Ihr lockig Haupt kann er mit Blumenkränzen,
Mit Rosen ihren Gurt umwunden sehn;
Es scheint, als kämen sie von nächt'gen Tänzen,
Von froher Mühe recht erquickt und schön.
Sie eilen nun und löschen, wie die Sterne,
Die Fackeln aus und schwinden in die Ferne.

Hält man, wie für das Verständnis solcher absichts=
voller Phantasien es das erste Erfordernis ist, sich genau
an das Hauptmotiv, sodann an die charakteristisch ge=
wählten Attribute, und sucht die Absicht des Dichters zu
ergründen, warum das Willkürliche gerade so und nicht
anders gestaltet ist, so ergiebt sich hier das Folgende: in
schicksalsvoller Stunde, während entscheidende Wand=
lungen im Begriffe sind sich zu vollziehen, verlassen fackel=
tragende, festlich geschmückte Jünglinge das Heiligtum
in eilendem Lauf; beim Aufsteigen des Tages, der schon
den Osten rötet, löschen sie mit dem Schwinden der Sterne
ihre Fackeln aus und verlieren sich in die Weite. Von
geweihtem Feuer sind ihre Fackeln entzündet, denn sie
kommen aus dem Innersten des Heiligtums, vor der Helle
des Tages werden sie verlöscht, aber um in eilendem
Lauf in alle Welt getragen zu werden, zu welchem andern
Zwecke, als damit das heilige Feuer, das in ihnen
schlummert, am gelegenen Orte neu entzündet werde?
Erwägt man nun weiter die begleitenden Umstände und
die schmückenden Attribute: wunderbare Töne erschallen,
nicht der rituale Glockenklang oder der Ruf zur Hora,

sondern ein neuer seltsamer Schall, der mächtig das Herz
bewegt, reizvoll zugleich und voll rhythmischen Wohllautes,
doch ernst und feierlich; reiz= und schmuckvoll ist ebenso
die Erscheinung der Jünglinge, mit Blumenkränzen ist
ihr Haupt, mit Rosen ihr Gurt umwunden, Rhythmus
und Anmut ist ihr Wesen und ihre Bewegung, und die
Mühe, von der sie kamen, war freudig und erfüllt sie
mit Erquickung und mit Schönheit — sollte das alles
nicht genügen, um zur Bildung einer ganz klaren und
bestimmten Vorstellung aufzufordern?

Auch jenen im Innern des Klosterheiligtums be=
wahrten symbolischen „Geheimnissen" ist ein ewiges Leben
bestimmt. Entzündet und durchleuchtet von der Weihe,
die nach ihrem Ursprunge ihnen eignet, werden sie aus
dem Tempel hinausgetragen in die weite Welt, in alle
Lebenskreise und in alle Lebensformen. Und wer sind
vor allen andern die Träger? Wer sind die holden und
ernsten, anmutigen und feierlichen Glanzgestalten, die
rhythmisch bewegt, unter den mächtigen Klängen neuer,
herzbezwingender Musik die heiligen Flammen der sym=
bolischen Wundergebilde zu erquickender Neugestaltung im
Gewande der Schönheit durch alle Lande tragen? Eine
schönere und treffendere Allegorie für die religiöse
Kunst konnte nicht ersonnen werden; aber ihre Bedeut=
samkeit reicht an der Stelle, für die Goethe sie erfand,
noch weiter. Vor dem Aufsteigen des Tages, vor der
Ausbreitung seines helleren Lichtes verlischt das aus dem
Heiligtume mitgebrachte Licht der geweihten Fackeln!

Hier bricht das Lied ab. Aber wie ein lebendig
entwickelter Gedanke, auch jäh abreißend, zum Weiter=
denken anregt und befähigt, so beflügeln Goethesche Bilder

und Allegorien, selbst wo sie nur andeuten, dem bereit=
willig sie Empfangenden die Phantasie, die Empfindung
und den Ideengang zur Folge und Ergänzung.

Schon eine gläubige religiöse Kunst löst sich von
der Kirche los und wird notwendig, je mehr sie sich von
ihr entfernt, auf das von ihr empfangene Licht verzichten
und durch eigene Kraft zu leuchten sich bestreben müssen.
Um wie viel mehr eine Kunst, der die Vorstellung von
der Realität der Mysterien zu schwinden beginnt und
endlich ganz entschwindet! Wer wollte aber glauben, daß
nach Goethes Meinung die neue Kunst der Formen, und
was das unendlich viel wesentlichere ist, des Gehaltes und
Wesens der religiösen Geheimnisse verlustig werden sollte?
Auf etwas ganz anderes weist der rätselhaft und selbst
geheimnisvoll abbrechende Schluß des Liedes hin. Wenn
die drei Jünglinge ihre Fackeln in die Ferne hinaustragen,
so werden diese Lichter doch allenthalben fortleuchten, nicht
nur in der Uebung der Künste, sondern überall im Leben;
nicht in der Form buchstäblich geglaubter und — leider! —
noch vielmehr umstrittener Symbole des Dogmas, sondern
als ernste und bedeutende Bilder in den Vorstellungen
und als die höchsten Motive in der Kunst. Wäre das
zu wenig? Man nehme nur das Wort „Motiv" in seiner
eigentlichen Bedeutung! Wenn Johann Sebastian
Bach unter jedes seiner vom unsterblichen, göttlichen
Geiste zeugenden Werke die Worte schrieb: Soli Deo
Gloria! so ist das wahrlich noch in einem umfassenderen
Sinne zu verstehen, als in dem Sinne protestantischer
Kirchlichkeit. Wenn solche Gesinnungen die Kunst in
allen ihren Zweigen durchdrängen, so erschienen die Künste
wohl geeignet, die Fackeln aus der Hand der Jünglinge

zu empfangen und in ihrer Weise aufs neue das Licht
der göttlichen Geheimnisse für die Menschheit zu entzünden.

Nicht ein tendenziöses Manifest wollte Goethe in
seinem Liede verkünden, sondern die religiösen Anschau-
ungen, die er aus seiner Zeit aufgenommen und aus sich
selbst heraus sich gebildet hatte, wollte er in einem reichen
Kranz von Bildern einem Kreise gleich oder ähnlich
denkender Menschen widerspiegeln und mit erhöhter
Wärme ihnen zu Herzen gehen lassen. Und so schließt
er seine Erklärung: „Wäre dieses Gedicht vor dreißig
Jahren, wo es ersonnen und angefangen wurde, vollendet
erschienen, so wäre es seiner Zeit einigermaßen vorgeeilt.
Auch gegenwärtig, obgleich seit jener Epoche die Ideen
sich erweitert, die Gefühle gereinigt, die Ansichten auf-
geklärt haben, würde man das allgemein Anerkannte im
poetischen Kleide vielleicht gerne sehen und sich daran in
den Gesinnungen befestigen, in welchen ganz allein der
Mensch auf seinem eigenen Montserrat Glück und Ruhe
finden kann."

Seitdem ist bald wieder ein Jahrhundert verflossen;
und vielleicht findet eine spätere Zeit einen Maßstab für
unsre Kultur gerade darin, wie weit sie es verstanden
hat die Gesinnungen Goethes sich anzueignen und sie
praktisch lebendig und wirksam zu machen.

III.

Eine höchst bedeutsame Aeußerung des Dichters über
sein wunderbares Lied erfahren wir von Sulpice Boisserée
(2. August 1815): „Die Geheimnisse, sagte Goethe,
habe er zu groß angefangen, wie so Vieles. — Die zwölf
Ritter sollten die zwölf Religionen sein, und alles sich
nachher durcheinander wirren, das Wirkliche als Märchen
und dies umgekehrt, als die Wirklichkeit erscheinen."

Hier ist nach der positiven wie nach der negativen
Seite sein Verhältnis zu den Mysterien deutlich bezeichnet:
als historische Wirklichkeiten sollten sie in dem Gedichte
n i c h t erscheinen; dafür sollte um so bestimmter der Kern,
aus dem solche Volksdichtung erwuchs, in seiner W a h r -
h e i t hervortreten.

In dem Verhältnis, daß sie sich gegenseitig beleuchten,
steht zu dieser Aeußerung eine zweite vom folgenden Tage
im Gespräch mit demselben Freunde. Es ist die Rede von
neuerlich katholisch gewordenen Protestanten, insbesondere
von Stolberg, dem Heros unter ihnen, und daß das
Ueble an ihm sei, daß er keine Kritik habe, die Tradition
stützen wolle durch Gelehrsamkeit und Historie. Darauf
Goethe: „Ei, das ist gegen alle Ueberlieferung, diese
nimmt man entweder an, und dann giebt man von vorn
herein etwas zu, oder man nimmt sie gar nicht an, und
ist ein rechter kritischer Philister. Auf jenem Mittelwege
aber verdirbt man es mit allen; und es ist ein Be-
weis, daß er von dieser Seite noch nicht einmal mit sich
fertig ist. Die Protestanten dagegen fühlen das Leere,
und wollen nun einen Mysticismus machen, da ja gerade

der Mysticismus entstehen muß. Dummes, absurdes
Volk, verstehen ja nicht einmal, wie denn die Messe geworden ist, und es ist gerade als könne man eine Messe
machen!" — Die Flachheit des Rationalismus und die
Nüchternheit einer lediglich negativen Kritik ist für Goethe
von jeher abstoßend gewesen, und er liebte es, sich gelegentlich darüber sehr derb zu äußern; andrerseits versteht man, wenn man auch nur die beiden soeben citierten
Aeußerungen zusammenhält, sehr wohl, was er für sich
mit der „Annahme der Ueberlieferung" meint und ebenso,
was für eine Berechtigung er dem Mysticismus zugesteht.
Mit divinatorischem Sinne erkennt er die Spuren seelischer
Kräfte, des in dem Leben erscheinenden und Leben wir-
kenden Geistes in der Ueberlieferung und erschaut im
Mysterium das Gleichnis für das Unbeschreibliche, das
Unbegreifliche, das ohne die vergängliche Form sich nun
einmal nicht mitteilen läßt.

Daraus erklärt sich, wie Goethe trotz seines tiefen
Verständnisses und seiner hohen Achtung des positiven
Christentums doch niemals zu dem „Glauben" zurückkehren
konnte. In einem genau ein Jahr vor seinem Tode
(22. Mai 1831) an Sulpiz Boisserée geschriebenen Brief
hat er sich darüber abschließend und unzweideutig erklärt:
„Des religiösen Gefühls wird sich kein Mensch erwehren,
dabei aber ist es ihm unmöglich, solches in sich allein zu
verarbeiten, deßwegen sucht er oder macht sich Proselyten."

„Das letztere ist meine Art nicht, das erstere aber
hab' ich treulich durchgeführt, und von Erschaffung der
Welt an keine Konfession gefunden, zu der ich mich völlig
hätte bekennen mögen. Nun erfahre ich aber in meinen
alten Tagen von einer Sekte der Hypsistarier, welche,

zwischen Heiden, Juden und Christen geklemmt, sich erklärten, das Beste, Vollkommenste, was zu ihrer Kennt-
niß käme, zu schätzen, zu bewundern, zu verehren, und
insofern es also mit der Gottheit im nahen Verhältnisse
stehen müsse, anzubeten. Da ward mir auf einmal aus
einem dunkeln Zeitalter her ein frohes Licht, denn ich
fühlte, daß ich zeitlebens getrachtet hatte, mich zum Hypsistarier zu qualifizieren; das ist aber keine kleine Be-
mühung: denn wie kommt man in der Beschränkung
seiner Individualität wohl dahin, das Vortrefflichste gewahr zu werden*)?"

---

*) Interessant ist es, die Antwort S. B.s zu vergleichen
(s. Sulp. Boiss. II. 563), der trotz liebevollen und weitgehenden
Verständnisses doch von dem Bestreben nicht loskommen kann, Goethes
Aeußerungen im eigenen Sinne zu interpretieren und gewissermaßen
zu seinem Standpunkte hinüberzuziehen, eine Neigung, deren man
sich bei Benutzung seiner Aufzeichnungen wohl bewußt bleiben muß.
Er schreibt: „Die Sekte der Hypsistarier, die Sie in der älteren
Kirchengeschichte entdeckt haben, war mir ganz unbekannt. Wenn sie
wirklich das Beste und Vollkommenste von den Heiden, Juden und
Christen sich angeeignet haben, so müßte ihre Lehre mit jener der
Dreieinigkeit, vom höchsten Standpunkte aus genommen, zusammen-
fallen, denn das Vollkommenste des Heidenthums wie des Juden-
thums gehört dem Reich des Vaters und zum Theil, besonders als
Vorbereitung, dem Reich des Sohnes an, und das Reich des Geistes
geht sowohl dem kirchlichen als dem philosophischen Begriff nach
aus beiden hervor, und ist als das Ziel aller Entwicklung mit beiden
ewig eines. Auf diese Weise kann ich mir denken, daß Sie sich als
Hypsistarier erkennen, und würde mich auch dazu bekennen; wäre
aber die Lehre dieser Sekte bloßer Rationalismus und Deismus,
wie einige behaupten, so müßte sie Ihrem tiefen Geist und Gemüth
zu leer und unbefriedigend seyn. Also die Erkennung und Verehrung der Unität in der Trinität, wie sie sich in der höhern Geschichte der Menschheit offenbart, wonach wir zu streben hätten."
Diese Auslegung ruft von seiten Goethes eine zwar freundliche aber
entschiedene Ablehnung hervor (vgl. S. 565).

Die „Geheimnisse" beweisen, daß die Ueberzeugung,
die der Greis hier ausspricht, um fast ein halbes Jahrhundert früher ebenso ausdrücklich von ihm bekannt wurde.
Gewiß waren sie für die dichterische Ausführung „zu groß"
angelegt; aber, wenn die vorstehenden Blätter der Natur
der Sache gemäß nur Deutung geben konnten, keine
philologischen Beweise, so dürften sie, wenn nichts andres,
so doch das eine erwiesen haben, daß das Gedicht, wenn
auch Fragment geblieben, es wenigstens zuläßt, als ein
Ganzes aufgefaßt zu werden. Der erweiternde und im
einzelnen vervollständigende Kommentar, mit dem Goethe
im zweiten Buch der „Wanderjahre" auf den alten
Lieblingsgedanken zurückgreift, beruht auf den ganz gleichen
Grundideen und -Empfindungen, zu denen im
wesentlichen etwas Neues nicht hinzugekommen ist. Hier
steht auch ein sehr schön erklärendes Wort, das sich seine
Ausleger gesagt sein lassen möchten, warum er selbst für
das Innerste seiner Ideen und Gefühle die geheimnisvoll symbolische Form so sehr liebte und mit der sorg-
fältigsten Konsequenz die Enthüllung durch eigene Hand
versagte: „Das Geheimniß hat sehr große Vortheile; denn
wenn man dem Menschen gleich und immer sagt, worauf
Alles ankommt, so denkt er, es sei nichts dahinter. Gewissen Geheimnissen, und wenn sie offenbar wären, muß
man durch Verhüllen und Schweigen Achtung erweisen."
Deshalb ist das Geheimnis von der Form aller
Religion nach seiner Auffassung unzertrennlich, weil alle
Religion sich auf die Ehrfurcht gründet. Geht nun
der historische Glaube an die überlieferte Form verloren,
was unausbleiblich bei einer jeden Religionsform einmal
eintreten muß, so stellt, wie von selbst gerade aus den

besten Kräften der erhöhten Kultur, der solche Wandlung entspringt, auch die Kraft sich ein, gleichsam „von höheren Mächten gesandt," die den unsterblichen Gehalt aufnimmt und bewahrt, wobei durch die Behandlung des so lange für Wirklichkeit Geltenden als Märchen, das innere Geheimnis jenes Märchenhaften nun umsomehr zur Anerkennung und Wirkung gelangt. Um so mehr! denn das Trennende der Einzelformen, das die Verwirrung und Verwickelung, den Irrtum und den Streit hervor= ruft und begünstigt, verschwindet und macht dem Ein= fachen, Verbindenden, Einigenden Platz, und an die Stelle des „Strebens nach Unerreichbarem" tritt die unmittel= bare Richtung auf „treue Thätigkeit in frommem Kreise".

In klaren, großen und einfachen Zügen ist diese Auffassung von der Religion, vom Christentum und von seinen symbolischen Geheimnissen in jener Episode der „Wanderjahre" entworfen. Die religiösen „Geheim= nisse" erscheinen hier aufgelöst, aus ihrer Gesamtheit erhebt sich das Geheimnis der Religion in seiner er= habensten Würde.

„Ungern entschließt sich der Mensch zur Ehrfurcht, oder vielmehr entschließt sich nie dazu; es ist ein höherer Sinn, der seiner Natur gegeben werden muß, und der sich nur bei besonders Begünstigten aus sich selbst ent= wickelt, die man auch deswegen von je her für Heilige, für Götter gehalten. Hier liegt die Würde, hier das Geschäft aller ächten Religionen, deren es auch nur drei giebt, nach den Objecten, gegen welche sie ihre Andacht wenden."

„Die Religion, welche auf Ehrfurcht vor dem, was über uns ist, beruht, nennen wir die ethnische; es ist die Religion der Völker und die erste glückliche Ablösung von einer niederen Furcht; alle sogenannten heidnischen Religionen sind von dieser Art, sie mögen übrigens Namen haben, wie sie wollen. Die zweite Religion, die sich auf jene Ehrfurcht gründet, die wir vor dem haben, was uns gleich ist, nennen wir die philosophische; denn der Philosoph, der sich in die Mitte stellt, muß alles Höhere zu sich herab=, alles Niedere zu sich heraufziehen, und nur in diesem Mittelzustand verdient er den Namen des Weisen. Indem er nun das Verhältniß zu allen übrigen irdischen Umgebungen, nothwendigen und zufälligen, durchschaut, lebt er im kosmischen Sinne allein in der Wahrheit. Nun ist aber von der dritten Religion zu sprechen, gegründet auf die Ehrfurcht vor dem, was unter uns ist; wir nennen sie die christliche, weil sich in ihr solche Sinnesart am Meisten offenbart; es ist ein Letztes, wozu die Menschheit gelangen konnte und mußte. Aber was gehörte dazu, die Erde nicht allein unter sich liegen zu lassen und sich auf einen höheren Geburtsort zu berufen, sondern auch Niedrigkeit und Armuth, Spott und Verachtung, Schmach und Elend, Leiden und Tod als göttlich anzuerkennen, ja Sünde selbst und Verbrechen nicht als Hindernisse, sondern als Fördernisse des Heiligen zu verehren und lieb zu gewinnen! Hievon finden sich freilich Spuren durch alle Zeiten; aber Spur ist nicht Ziel, und da dieses einmal erreicht ist, so kann die Menschheit nicht wieder zurück, und man darf sagen, daß die christliche Religion, da sie einmal erschienen ist, nicht wieder verschwinden kann, da sie sich einmal göttlich verkörpert hat, nicht wieder aufgelöst werden mag."

Jedoch zur Warnung für diejenigen, die etwa, sei

es auch nur in der Weise eines Sulpice Boisserée, in diesen
Worten eine direkte Erklärung für das christliche „Be=
kenntnis" finden möchten, heißt es sogleich weiter auf
die Frage: „Zu welcher von diesen Religionen bekennt
Ihr Euch denn insbesondere?"

„Zu allen dreien; denn sie zusammen bringen eigent=
lich die wahre Religion hervor; aus diesen drei Ehr=
furchten entspringt die oberste Ehrfurcht, die Ehrfurcht
vor sich selbst, und jene entwickeln sich abermals aus dieser,
so daß der Mensch zum Höchsten gelangt, was er zu er=
reichen fähig ist, daß er sich selbst für das Beste halten
darf, was Gott und Natur hervorgebracht haben, ja, daß
er auf dieser Höhe verweilen kann, ohne durch Dünkel
und Selbstheit wieder ins Gemeine gezogen zu werden."

Diese selbe durchaus symbolische Auffassung, die
„durch dasjenige vereinigt, was Andere trennt", wird so=
dann ausdrücklich auf das Credo angewandt, worin, freilich
unbewußt, dieses Bekenntnis von einem großen Teile der
Welt ausgesprochen werde: „denn der erste Artikel ist
ethnisch und gehört allen Völkern, der zweite christlich,
für die mit Leiden Kämpfenden und in Leiden Ver=
herrlichten; der dritte zuletzt lehrt eine begeisterte Gemein=
schaft der Heiligen, welches heißt: der im höchsten Grad
Guten und Weisen. Sollten daher die drei göttlichen
Personen, unter deren Gleichniß und Namen solche Ueber=
zeugungen und Verheißungen ausgesprochen sind, nicht
billigermaßen für die höchste Einheit gelten?"

Begegnen hier allenthalben die Gesinnungen und
Empfindungen, die in den „Geheimnissen" vorwalten, so
ist im folgenden ein Hauptmotiv daraus geradezu herüber=
genommen. Von den Gemälden der achteckigen Halle,

die hauptsächlich den Stoff der israelitischen heiligen
Bücher zum Gegenstande haben, heißt es: „Ihr werdet
bemerken, daß in den Sockeln und Friesen nicht sowohl
synchronistische als symphronistische Handlungen und Be-
gebenheiten aufgeführt sind, indem unter allen Völkern
gleichbedeutende und Gleiches deutende Nachrichten vor-
kommen. So erblickt Ihr hier, wenn in dem Hauptfelde
Abraham von seinen Göttern in der Gestalt schöner Jünglinge besucht wird, den Apoll unter den Hirten Admet's
oben in der Friese; woraus wir lernen können, daß, wenn
die Götter den Menschen erscheinen, sie gewöhnlich un-
erkannt unter ihnen wandeln."

Auch in dem wichtigsten Punkte, auf den die ganze
Handlung der „Geheimnisse" hinausläuft, zeigen die
„Wanderjahre" volle Uebereinstimmung: auf das Leben
legen die weisen Männer, von deren Lehre und Erziehung
dort gehandelt wird, den ganzen Wert und Nachdruck,
auch in der Religion. Von Jesus Christus heißt es:
„Und so ist sein Wandel für den edlen Theil der Menschheit noch belehrender und fruchtbarer als sein Tod: denn
zu jenen Prüfungen ist Jeder, zu diesem sind nur Wenige
berufen." Und die Begründung dessen: „Im Leben erscheint er als ein wahrer Philosoph, — stoßt Euch nicht
an dem Ausdruck! — als ein Weiser im höchsten Sinne:
er steht auf seinem Punkte fest; er wandelt seine Straße
unverrückt, und indem er das Niedere zu sich heraufzieht,
indem er die Unwissenden, die Armen, die Kranken seiner
Weisheit, seines Reichthums, seiner Kraft theilhaftig
werden läßt und sich deshalb ihnen gleich zu stellen scheint,
so verleugnet er nicht von der andern Seite seinen göttlichen Ursprung; er wagt, sich Gott gleich zu stellen, ja,

sich für Gott zu erklären. Auf diese Weise setzt er von
Jugend auf seine Umgebung in Erstaunen, gewinnt einen
Theil derselben für sich, regt den andern gegen sich auf
und zeigt Allen, denen es um eine gewisse Höhe im
Lehren und Leben zu thun ist, was sie von der Welt
zu erwarten haben." Spricht sich hier eine durchaus
psychologische und philosophische Deutung der mit Christi
Person verknüpften Mysterien aus, so tritt andrerseits
doch auch die Achtung vor dem symbolischen Gehalt der
Ueberlieferung und die Anerkennung ihres praktischen
Wertes hervor. Aber jene Mysterien werden eher zurück=
gehalten als zur Schau gestellt: „Wir halten es für eine
verdammenswürdige Frechheit, mit diesen tiefen Geheim=
nissen, in welchen die göttliche Tiefe des Leidens verborgen
liegt, zu spielen, zu tändeln und zu verzieren und nicht
eher zu ruhen, bis das Würdigste gemein und abgeschmackt
erscheine." Ja, diese Dinge werden so wenig als der
Mittelpunkt der Religion betrachtet, daß darin vielmehr
ihre höchste Vollendung gesehen, ihre Darstellung des
Jahres nur einmal eröffnet und nur den zu entlassenden
Zöglingen mitgeteilt wird. „Jene letzte Religion, die
aus der Ehrfurcht vor dem, was unter uns ist, entspringt,
jene Verehrung des Widerwärtigen, Verhaßten, Fliehens=
werthen, geben wir einem Jeden nur ausstattungsweise
in die Welt mit, damit er wisse, wo er dergleichen zu
finden hat, wenn ein solches Bedürfnis sich in ihm
regen sollte."

Und wieder genau dieselben Gesinnungen und Em=
pfindungen in dem berühmten Gespräch, das Goethe elf
Tage vor seinem Tode mit Eckermann führte. Wieder
die beiden, scheinbar entgegengesetzten Aeußerungsformen,

in Wirklichkeit die beiden innerlich notwendig verbundenen
Pole seiner Ueberzeugung, wenn es einmal heißt: „Mag
die geistige Cultur nun immer fortschreiten, mögen die
Naturwissenschaften in immer breiterer Ausdehnung und
Tiefe wachsen, und der menschliche Geist sich erweitern
wie er will, über die Hoheit und sittliche Cultur des
Christenthums, wie es in den Evangelien schimmert und
leuchtet, wird er nicht hinauskommen!" Und wenn er
dann wieder sich ausspricht: „Auch werden wir alle nach
und nach aus einem Christenthum des Wortes und Glaubens
immer mehr zu einem Christenthum der Gesinnung und
der That kommen"; und wenn er weiter redet von der
Welt als einer Pflanzschule Gottes für die Geister und
der täglichen Offenbarung Gottes und seines unsichtbaren
Anhauches in allem, was der Menschengeist Großes, Gutes
und Schönes hervorbringt, und was sie je hervorgebracht,
bei Chinesen, Indern, Persern und Griechen, wie bei den
Propheten des auserwählten Volkes.

Es sind noch immer genau die gleichen Gedanken,
Gesinnungen und Gefühle, wie sie fünfzig Jahre früher
in dem „großen Gedichte" bestimmt waren, zu einem um=
fassenden Ausdruck gebracht zu werden.

IV.

Wer möchte daran zweifeln, daß Goethe damals,
als er so liebevoll den Plan hegte, in allen Religionen
die Kundgebungen wahrer Religion nachzuweisen, auch

wohl bei entlegenen Völkern und aus entlegener Zeit die
Spuren echt christlicher Gesinnung und Denkweise vor-
zuführen, nicht auch eine bestimmte Anzahl mythischer und
legendarischer Züge im Sinne trug, die er für seinen
Zweck zu verwenden gedachte. Wie natürlich aber, daß,
wenn darunter besonders prägnante Stoffe waren oder
die durch seine Auffassungsweise sich ihm so einprägten,
er nach seiner Weise, da sie nun ungenutzt blieben, sie
fort und fort in sich bewahrte, um ihnen endlich dann
doch die erwünschte Gestalt zu geben.

Diese Thatsache hat er selbst in dem inhaltreichen
kleinen Aufsatz „Bedeutende Förderniß durch ein einziges
geistreiches Wort" mitgeteilt: „Mir drückten sich gewisse
große Motive, Legenden, uraltgeschichtlich Ueberliefertes
so tief in den Sinn, daß ich sie vierzig bis fünfzig Jahre
lebendig und wirksam im Innern erhielt; mir schien der
schönste Besitz, solche werthe Bilder oft in der Einbildungs-
kraft erneut zu sehen, da sie sich dann zwar immer um-
gestalteten, doch ohne sich zu verändern, einer reineren
Form, einer entschiedneren Darstellung entgegenreiften."
Wenn er unter solchen Stoffen den „Gott und die
Bajadere" und den „Paria" nennt, so sprechen schon
innere Gründe stark dafür, daß diese so lang im Innern
gehegten Legendenmotive zu dem für die „Geheimnisse"
bereit gehaltenen Material gehört haben möchten. Es
fehlt aber diesesmal auch nicht an einem Häkchen, das
der Vermutung urkundlichen Anhalt gibt. In einem Brief
Goethes an Frau von Stein vom 5. September 1785,
aus einer Zeit also, wo die Arbeit an den „Geheimnissen"
noch nicht unter dem Horizont verschwunden war, steht
unvermittelt der folgende Satz, der sonst ohne alle Auf-

klärung geblieben ist: „Sehr schöne Indianische Ge=
schichten haben sich aufgethan." Daß dabei an „Indianer=
Geschichten" im heutigen Sinne zu denken sei, wird nie=
mand glauben wollen. Dagegen ist das Wort „India=
nische", wenn man sich des englischen indian erinnert,
leicht und mit gutem Grunde als flüchtige Verwechselung
oder auch als willkürliche Variante für „Indische" zu
verstehen; zumal in diesem Zusammenhange: „Sehr schöne
Indianische Geschichten haben sich aufgethan", was
einen bedeutenden, sinnvollen Gehalt voraussetzt, der wohl
an das Land der Bramanen, weniger an das der Irokesen
zu denken veranlaßt*). Nun wissen wir — Dünzers
Forscherfleiß hat es zuerst nachgewiesen —, daß, obwohl
zum Teil eine Kenntnis dieser Stoffe schon dem Jugend=
alter Goethes zugekommen war, doch die eigentliche An=
regung zu der Konzeption der sogenannten indischen
Balladen unzweifelhaft aus der Zeit herstammt, als der
Plan zu den „Geheimnissen" ihn so lebhaft beschäftigte.
Die großen Massen interessanten Stoffes, die Herder in
den „Ideen zu einer Philosophie der Geschichte der
Menschheit" geistvoll verarbeitete, lenkten auch Goethes
eifrigstes Interesse diesen Dingen zu. Unter der Menge
neuerer Reisebeschreibungen zog ihn Sonnerats „Voyage
aux Indes" auch von Herder vielfach citiert, besonders
an, die den Jahren 1774—1781 entstammte und 1783

*) Auch an die Analogie des früher gebräuchlichen „Persianisch"
für „Persisch" wäre zu denken. Auffallen muß es, daß Herder in
den „Ideen" die Bezeichnung „Indianer" äußerst selten braucht,
er redet von „Amerikanern" oder nennt die Namen einzelner Stämme;
dagegen spricht er (VI, 6) von den Bewohnern Surinams als von
„Indiern"! Eine Unterscheidung in unsrer Weise war also noch
nicht feste Gewohnheit geworden. — —

ins Deutsche übersetzt war (vgl. Düntzer, Kommentar zu Goethes Gedichten II. 439 ff.). Hier finden sich die beiden Erzählungen, deren tiefer Gehalt dem solchen Motiven leidenschaftlich nachgehenden Dichter sich alsobald „aufgethan" hatte, und dem sein Geist nach mannigfachen tief eingreifenden Wandlungen die unvergängliche poetische Form gab.

Das Balladenjahr verlieh auch der „indischen Legende" vom Gott und der Bajadere die Gestalt; das Gedicht wurde im Juni 1797 vollendet. Die Hauptveränderung des Stoffes besteht darin, daß Goethe vollen Ernst mit der Tragik der Handlung macht; in Sonnerats Erzählung stellt der Gott das Mädchen nur auf die Probe und, da er sie bereitwillig findet, dem vermeintlich Toten in die Flammen des Scheiterhaufens zu folgen, erwacht er und führt sie mit sich in das Paradies. An die Stelle des Dewendren, des Königs der Halbgötter, setzt Goethe jedoch einen der höchsten Götter, für den er aus Sonnerat den Namen Mahadöh (dort Mahadeu) nimmt; es entsprach ferner seinem besonderen Zweck, auf diesen das eigentlich dem Wischnu angehörige Motiv zu übertragen, daß er in verschiedenen Inkarnationen auf die Erde herabsteigt.

Zum sechstenmal ist Mahadöh, der Herr der Erde, herabgekommen; menschlich fühlend, aber göttlich richtend, strafend oder schonend, wandelt er unter den Menschen als ihresgleichen. Bereit, alles zu erdulden, was ihnen die Vorsehung an Freuden und Schmerzen bestimmt hat, übt er jene höchste Religion, die Goethe im Sinne trug, thätig aus, sie dadurch unter den Menschen verkündend: er zieht das Niedere zu sich herauf und wendet auch dem

Verachteten, Leidenden, ja dem Laster jene höchste göttliche Teilnahme und Liebe zu, der durch die Tiefe der
erkennenden Betrachtung gerade in dem verachteten Laster
und Verbrechen das Anteil erweckende, Hilfe fordernde
Leiden der Menschheit erscheint, und die die schlummern-
den und gehemmten Kräfte zur befreienden Selbsterlösung
lebendig zu machen, zur Blüte und Frucht zu steigern
mächtig ist. Sein bloßes Erscheinen wirket das Wunder.
Entzündet seine Schönheit die Liebe, so wird durch die
Macht seiner Hoheit und milden Güte die sinnliche Liebe
geadelt, die hingegebene Demut, der selbstvergessene Ge-
horsam leuchtet in ihr auf: „der Göttliche lächelt; er
siehet mit Freuden durch tiefes Verderben ein menschliches Herz." Die ursprüngliche Reinheit der Natur kehrt
zurück und durchdringt mit ihrer ganzen Kraft das Wesen
der Verlorenen:

> Aber, sie schärfer und schärfer zu prüfen,
> Wählet der Kenner der Höhen und Tiefen
> Lust und Entsetzen und grimmige Pein.

Es sind die schwersten Proben: nicht minder schwer ist die
Bewährung der reinen Selbstlosigkeit in den Freuden und
Wonnen des Glücksgenusses als die Bewährung der Hingabe im Schmerz und der überwindenden Treue gegenüber den Schrecknissen des Todes, die letzte Prüfung,
welcher der sich selbst überwindende Mensch unterworfen
werden kann, und die ihn freispricht.

Mit unerreichter Meisterschaft läßt der Dichter in
diesen wenigen, aber mit Macht zum Gefühle dringenden
Zügen die Handlung sich vollenden. Den Armen des
Mädchens ist der göttliche Geliebte tot entsunken; und

nun sehen wir ihn zur Flammengrube hingetragen, wir hören die dumpfen Chöre der Priester:

> Wir tragen die Alten,
> Nach langem Ermatten und spätem Erkalten,
> Wir tragen die Jugend, noch eh' sie's gedacht.

Mit allen seinen Schrecken steht der Tod vor ihr, die, nachdem sie das Göttliche umarmt, nur noch die Zugehörigkeit zu ihm kennt; und während die Priester, die die Umwandlung der Erwählten nicht sehen, sie gleichgültig und nichtachtend zu dem entsetzlichen Zustand der früheren Niedrigkeit zurückverweisen, bringt sie freiwillig dem neu in ihr aufgegangenen Leben das höchste Opfer

> Und mit ausgestreckten Armen
> Springt sie in den heißen Tod.
> Doch der Götterjüngling hebet
> Aus der Flamme sich empor,
> Und in seinen Armen schwebet
> Die Geliebte mit hervor.

Ein Wunderzeichen für die Priesterschaft und das staunende Volk von mächtig bewegender Wirkung! Eine von jenen „Spuren" der echten christlich-religiösen Gesinnung, jener höchsten Ehrfurcht für das, was unter uns ist, wovon in den „Wanderjahren" geredet wird, und wie sie in den „Geheimnissen" von allen Zeiten her bei mancherlei Völkern aufgewiesen werden sollten.

> Es freut sich die Gottheit der reuigen Sünder;
> Unsterbliche heben verlorene Kinder
> Mit feurigen Armen zum Himmel empor.

Mit diesen herrlichen Schlußversen wird dem Magdalenenmotiv, das hier seine weihevollste Ausgestaltung

gefunden hat, zur tiefsten Tragik und zur höchsten Erhabenheit, zugleich die weiteste allgemeine Bedeutung für
die ganze Menschheit verliehen.

Wie weit Herder sich damals schon von dem Verständnis für Goethes Sinnesart und Intentionen entfernt
hatte, beweist, daß er an Knebel schreiben konnte, daß in
der Braut von Korinth und in der Ballade „Der Gott
und die Bajadere" Priapus eine große Rolle spiele, und
zwar nichts weiter als dieses*)!

Viel längerer Zeit als dieser Stoff bedurften die
weitumfassenden Ideen, die sich dem Dichter in dem
Stoffe der „Paria-Legende" aufgethan hatten, um
sie durch die poetische Form zu „gewältigen". Im September 1816, dann wieder im Januar 1817 geht er
daran; doch erst im Jahr 1821 wurde für das Haupt-
stück der Trilogie „die Legende" das Wesentliche gethan.
In den „Tag- und Jahresheften" heißt es für dieses
Jahr: „Endlich ward eine indische, mir längst im Sinne
schwebende, von Zeit zu Zeit ergriffene Legende wieder
lebendig, und ich suchte sie völlig zu gewältigen." Doch
war die Dichtung, wenn auch die einzelnen Teile zu
verschiedenen Zeiten entstanden sind, von Anbeginn drei-
teilig angelegt; Eckermann berichtet (1. Dezember 1831)
die folgende Aeußerung Goethes: „Auch mein ‚Paria' ist
eine vollkommene Trilogie, und zwar habe ich diesen
Cyclus sogleich mit Intention als Trilogie gedacht und
behandelt." Bis zum Herbst 1823 war das Ganze vollendet und erschien im November in „Kunst und Alter-

---

*) Knebels litter. Nachlaß II, 270; vgl. Goethe Jahrbuch XIV,
S. 205.

thum" (IV, 3). Am 10. November teilte Goethe es Ecker=
mann mit und bemerkte zu ihm, der sich „eigenartig
davon berührt und ergriffen fühlte", aber schwer „hinein=
zukommen" vermochte, wiewohl es ihm, „je mehr er ein=
drang, von desto bedeutenderem Charakter und auf einer
desto höhere Stufe der Kunst erscheinen wollte": „Frei=
lich, die Behandlung ist sehr knapp, und man muß gut
eindringen, wenn man es recht besitzen will. Es kommt
mir selber vor wie eine aus Stahldrähten geschmiedete
Damascenerklinge. Ich habe aber auch den Gegenstand
vierzig Jahre mit mir herumgetragen, so daß er dann
freilich Zeit hatte, sich von allem Ungehörigen zu läutern."
Hier haben wir die bestimmte und genau zutreffende
Verweisung auf das Jahr 1783, also auf seine Lektüre
von Sonnerats Voyage aux Indes. Dem gegenüber
kann kaum in Betracht kommen, daß, wie Goethe in
„Dichtung und Wahrheit" (Buch XII) erzählt, er in
Wetzlar aus dem älteren Werke eines holländischen Arztes,
O. Dapper, zuerst „die indischen Fabeln kennen lernte
und sie mit großer Lust in seinen Märchenvorrath hinein=
zog," und daß in diesem Buch der Stoff der Paria=
legende gleichfalls mitgeteilt wird, zumal die Fassung hier
in wesentlichen Punkten eine andere ist*). Die Notiz,
daß Goethe die dichterische Durchbildung des Stoffes im
Jahre 1816 wieder aufnahm, entbehrt nicht des tieferen
Interesses: damals war durch die Königsberger Anfrage
und die darauf erfolgte Erklärung der „Geheimnisse"
der gesamte Plan der Dichtung mit allem dazu gehörigen

---

*) Vgl. hierüber den von Düntzer a. a. O. überzeugend ge=
führten Nachweis.

Material dem Dichter wieder gegenwärtig geworden, und
so verlangte auch jene Legende nach lebendiger Gestaltung
in dem großen Sinne der ursprünglichen Anlage.

Denn was den Dichter die Jahrzehnte hindurch an
solchen Stoffen festhielt, war doch nicht die technische
Schwierigkeit der äußern Formgebung; es war vielmehr
die Durchführung der intensiven Geistesarbeit, die Hülle
des Stoffes, dessen ideeller Gehalt ihn bewegte, so durch=
scheinend und klar, so ebenmäßig anschließend zu gestalten,
daß sie ihr schönes Geheimnis zugleich barg und zeigte.
Es mußte also der Stoff zuerst so umgestaltet werden,
daß die Entwickelung der Handlung ganz aus jenem
ethisch=ideellen Kerne bestimmt wurde, und sodann, was
diesem Zwecke nicht bedeutend dienstbar sich erwies, ent=
weder ganz fortgeläutert oder doch auf das geringste
Maß nebensächlich und nur äußerlich verwendeten Details
herabgedrückt werden. Was anders hat Goethe mit dem
Bilde von der aus Stahldrähten geschmiedeten Damas=
cenerklinge sagen wollen? In den mit solcher Sorgfalt
gebildeten Erdichtungen aber liegt die Kraft unendlicher
Wirkung, wie denn auch Prophetie, höchste Philosophie
und religiöse Lehre — Plato und Jesus Christus — und
reifste, vollendetste Kunst sich ihrer von jeher bedient
haben. Nur hat die Kunst die schwere Aufgabe, über
das philosophische Bild und das lehrende Gleichnis noch
weit hinauszugehen; denn sie muß, um erfreuend zu er=
greifen und festzuhalten, den gefälligen Schein der
Realität, der absichtslosen Widerspiegelung des Gegen=
ständlichen ungetrübt bewahren. So erreicht sie ihr
edelstes Ziel: im Bilde des Lebens seinen höchsten und
reinsten Gehalt in die Seelen der Empfangenden zu legen,

wodurch die Ideen im Empfinden lebendig und damit
eben zu unendlicher Fortwirkung fruchtbar gemacht werden.
Wie sollte es nun nicht die Aufgabe des Interpreten
sein, mit Hilfe des durch die Forschung aufgeschichteten
Materials, mit Benutzung der gesamten bereitgestellten
Mittel dem letzten Ziele zuzustreben, daß er im Kunst=
werke dem „Sinn" des Künstlers nachgehe? Freilich,
auf die Gewißheit des Verstandesbeweises philologischer
Kritik wird er dabei verzichten müssen, er braucht aber
dabei den „Boden unter den Füßen" keineswegs zu ver=
lieren. Was Empfindung und Phantasie, von der Idee
befruchtet, geschaffen haben, wendet sich an Phantasie und
Empfindung und muß von hier aus beurteilt werden;
denn sie haben ihre guten und überzeugenden Kriterien
in ihrer eigenen, ewig unveränderlichen Natur und in
dem Studium der Gesinnungen, der Empfindungsweise,
der Schaffensart eines jeden einzelnen Künstlers. Es ist
heute bei vielen üblich, bei solchen Versuchen das Un=
beweisbare als Vernünftelei und abstrakte Konstruk=
tionssucht schlechthin zu verwerfen, und das summarisch
reprobierende Schlagwort lautet auf „Hegelei". Aber
der Fehler, der damit bezeichnet werden soll, liegt doch
einzig in dem Verfahren, gewisse vorgefaßte allgemeine
Ideen allenthalben in den Erscheinungen wiederfinden zu
wollen, sie ihnen gewaltsam aufzuzwingen oder mehr und
minder willkürlich sie ihnen unterzuschieben. Dagegen
wäre es die denkbar größte Thorheit, ja die ärgste Ver=
sündigung gegen den Künstler, auf jenes letzte und höchste
Ziel verzichten zu wollen, in dem poetischen Ausdrucks=
mittel, das immer ein Besonderes sein muß, das All=
gemeine zu erkennen, um dessentwillen es gewählt wurde

Und statt des nie zu erbringenden Beweises giebt es eine
andre unverächtliche Gewähr des Gelingens gerade da,
wo der große Künstler seine Phantasie am freiesten, los=
gebunden spielen läßt oder wo er der befremdendsten
Motive sich bedient. Soll man ihn herabsetzen und es
glauben, daß es ihm nur um bunte Arabesken, bizarre
Rätsel oder krauses Schnörkelwerk, im besten Falle also
um äußerliche Dekoration zu thun war? Eine große Zahl
von selbständigen Kompositionen Goethes sowie weitaus=
gedehnte Partien seiner gewaltigsten Schöpfungen müßten
dann in diese Kategorie fallen. Die Deutung muß die
form= und lebengebende Kraft entdecken und sie im Sinne
des Empfangenden wirksam machen; dann wird hinfort
das sonst lediglich formale Gebilde als ein Organismus
erscheinen, wo jedes Glied mit dem andern in innerlichem,
gegenseitig fördernden Wachstum verbunden ist, nicht zu=
fällig oder willkürlich, alles notwendig und von der Wärme
des Empfindens durchströmt, darum auch wieder Leben
und Wärme erweckend. Man kann hinzufügen: gelingt
es der Deutung für eine an sich rätselhafte Komposition,
die damit so oft von vorneherein als kalt und grillen=
haft abgelehnt wird, nur eine Spur solcher erhöhten
Wärme der Teilnehmung zu erzeugen, so hat sie schon
viel, ja das meiste gethan; denn es liegt in der That
weniger daran, ob gerade die spezielle Ausdrucksform
für das Ideelle, die der Interpret gewählt hat, auch
so nun angenommen wird. Die Idee ist überhaupt nie=
mals adäquat auszudrücken, sie bleibt immer „in allen
Sprachen unaussprechlich"; und wenn ein jedes aus=
gesprochene Wort schon den Gegensinn erweckt, so thun
es erfahrungsmäßig alle derartigen Interpretationen in

einem viel höheren Grade, ja bei den in dieser Beziehung
„Fertigen" ganz unfehlbar. Doch weckt die Deutung auch
nur parallele Versuche, so hat sie schon gefruchtet; denn
das ist der Weg, für diese Stiefkinder der modernen Kritik
mit der Achtung die Liebe zu begründen. Ihren schönsten
Lohn wird sie aber bei denen finden, die sich, zumal einem
Goethe gegenüber, für immer zu dem Orden der „Wer=
denden" bekennen.

Man verzeihe das pro domo Gesprochene, weil die
Behandlung der „Geheimnisse", wie ganz besonders auch
der Paria=Dichtung, diese Betrachtungen stark aufregen
und zur Aeußerung drängen.

Düntzer citiert aus Goethes Quelle, Sonnerat, das
folgende: „Mariatale war die Frau des Büßers Schama=
dagini und die Mutter des Parassurama. Diese Göttin
beherrschte die Elemente, aber sie konnte diese Herrschaft
nur so lange behalten, als ihr Herz rein bleiben würde.
Einst, da sie aus einem Teiche Wasser schöpfte und ihrer
Gewohnheit nach eine Kugel daraus gestaltete, um es nach
Hause zu tragen, sah sie auf der Oberfläche des Wassers die
Gestalten einiger Granduers, einer Art von Sylphen, die
man geflügelt und außerordentlich schön abbildet, die über
ihrem Haupte in der Luft umherflogen. Mariatale ward
durch die Reize derselben bezaubert und die Lustbegierde
schlich sich in ihr Herz: das schon zusammengerollte Wasser
löste sich plötzlich wieder auf und vermengte sich mit dem
übrigen im Teiche. Von dieser Zeit an konnte sie nie=
mals mehr ohne Geschirr Wasser nach Hause bringen.
Dieser Umstand entdeckte dem Schamadagini, daß sein
Weib nicht mehr reinen Herzens sei, und im ersten Aus=
bruch seiner Wuth befahl er seinem Sohn, sie an die

Todesstätte zu schleppen und ihr den Kopf vom Rumpf
zu hauen. Der Sohn verrichtete den Befehl, aber Parassurama ward über den Tod der Mutter so betrübt,
daß ihm Schamadagini befahl, ihren Körper zu sich zu
nehmen, den abgehauenen Kopf wieder darauf zu setzen
und ihr ein Gebet, das er ihn lehrte, ins Ohr zu sagen,
nach welchem sie sogleich wieder zum Leben kommen
würde. Der Sohn lief eilends dahin; aber durch ein
unglückliches Versehen setzte er den Kopf seiner Mutter
auf den Rumpf einer Pariafrau, die soeben wegen ihrer
Schandthaten war hingerichtet worden. Diese abenteuer-
liche Vermischung machte, daß das neu auflebende Weib
die Tugenden einer Göttin und zugleich die Laster einer
Uebelthäterin besaß. Die Göttin, welche dadurch unrein
geworden, ward nun aus dem Hause verjagt und beging
alle Arten von Grausamkeiten. Aber die Dewerkels (Halbgötter), wie sie den Gräuel der durch sie angerichteten
Verwüstung sahen, stillten ihren Zorn wieder, indem sie
ihr die Macht ertheilten, die Kinderpocken zu heilen, und
ihr versprachen, man würde sie in dieser Krankheit um
ihren Schutz anrufen." Sonnerat fügt hinzu, Mariatale
sei die große Göttin der Parias, welche sie über Gott
selbst erhöhten, und die meisten derselben widmeten sich
ihrem Dienste.

Dieser letztere Umstand war es, der Goethes Interesse
an dem Gegenstande so stark fesselte. Im Jahre 1824
schrieb er zu einer Besprechung des Trauerspiels „Der
Paria" von Michael Beer, die Eckermann für die Zeit-
schrift „Kunst und Alterthum" verfaßt hatte, einige Be-
merkungen über eine gleichnamige französische Tragödie
von Delavigne und über seine eigene Trilogie. Ecker-

mann hatte die grenzenlose Erniedrigung der Pariakaste
geschildert, aus der durchaus keine Rettung möglich ist,
und wie eine an sich kleine Verfehlung, die aber die
Ausstoßung aus der Kaste nach sich zieht, den Schuldigen
sogleich in jene unterste und verachtete Stufe hinabwirft,
Verhältnisse, die zu Konflikten Anlaß geben, wie sie nicht
tragischer gedacht werden können. Goethe fügt eine kurze
Inhaltsangabe des Delavigne'schen Trauerspiels hinzu und
fährt fort: „Nach dieser doppelten, ins Tragische ge-
steigerten Ansicht des traurigsten Zustands wird man zur
Erholung und Erhebung gern das Gedicht betrachten,
welches, nach einer indischen Legende gebildet, zu Anfang
des vorigen Heftes abgedruckt ist. Hier finden wir einen
Paria, der seine Lage nicht für rettungslos hält; er
wendet sich zum Gott der Götter und verlangt eine Vermittelung, die dann freilich auf eine seltsame Weise
herbeigeführt wird. — Nun aber besitzt die bisher von
allem Heiligen, von jedem Tempelbezirk abgeschlossene
Kaste eine selbsteigene Gottheit, in welcher das Höchste
dem Niedrigsten eingeimpft, ein furchtbares Drittes
darstellt, das jedoch zu Vermittelung und Aus-
gleichung beseligend einwirkt. — Wundern darf es
uns nicht, daß in unsern, so manchem Widerstreit hin-
gegebenen Tagen auch milde Stimmen sich hie und da
hervorthun, welche, genau betrachtet, auf ein Höheres
hinweisen, von wo ganz allein befriedigende
Versöhnung zu hoffen ist."

Der aufmerksamen Betrachtung kann es nicht ent-
gehen, daß hier eine Uebereinstimmung nicht nur des
Sinnes, sondern auch des Wortlautes an jene Stelle der
„Wanderjahre" gemahnt, wo als die höchste „Ehrfurcht"

die Achtung gegen das Niedrige gepriesen wird; und
ebenso fühlt man sich durch die Schlußworte an den
Schluß der Erklärung zu den „Geheimnissen" erinnert. —

Aber indem nun Goethe im Hinblick auf diese Grundidee den Stoff umformte, ihn vereinfachend auf die wesentlichsten Züge beschränkte, Häßliches ausschied, wie die Hin-
richtung der Mutter durch den Sohn, erfuhr der Gehalt
nicht nur des Ganzen, sondern auch der einzelnen Züge
eine großartige Vertiefung und eine Veredelung zum Erhabensten, dessen die menschliche Seele fähig ist. Sein
liebevoll durchdringender Blick erkannte in der überlieferten
Legende das kostbare „Geheimnis", das dem Verständnis
seiner Gläubigen allmählich verloren gegangen und in
seiner seltsam-schauerlichen Hülle zu dem Einsetzungs-
mythus einer Heilgöttin für Kinderpocken zusammen-
geschrumpft war.

Man versteht es nun, wie das einleitende Stück,
„Des Paria Gebet", ein Gedicht von drei Strophen,
das dem ersten oder dem rasch vorüber gleitenden Blicke
nicht so gar tiefbedeutend erscheinen möchte, dem Dichter
so lange und intensive Mühe bereiten konnte, bis es die
ihn befriedigende Gestalt gewann. Es löst die doppelte
Aufgabe, einmal die Handlung der Legende zu exponieren
und in dem Klageruf des grenzenlos verachteten Parias
zugleich den Notschrei der unter dem furchtbar lastenden
Fluch der Niedrigkeit seufzenden Menschheit ertönen zu
lassen.

> Großer Brama, Herr der Mächte!
> Alles ist von deinem Samen,
> Und so bist du der Gerechte!
> Hast du denn allein die Bramen,

Nur die Rajas und die Reichen,
Hast du sie allein geschaffen?
Oder bist auch du's, der Affen
Werden ließ und unsers Gleichen?

Aus der Allmacht der Gottheit wird als ein not=
wendiges Postulat ihre Gerechtigkeit gefolgert, an die im
schneidendsten Ton der Anklage sich die schmerzlich vor=
wurfsvolle Frage wendet. Gilt denn deine göttliche Für=
sorge nur den bevorrechtigten Kasten? oder, wenn doch
die Affen deine Geschöpfe sind, sind wir es nicht auch?
Und dann das ergreifende Zugeständnis der Niedrigkeit,
der resignierten Unwürdigkeit, der Verworfenheit im eigent=
lichen Sinne, der sich von den andern nur alles das zu=
gesellt, was um tödlicher Erkrankung willen von ihnen
ausgeschieden ist:

Edel sind wir nicht zu nennen:
Denn das Schlechte, das gehört uns,
Und was Andre tödlich kennen,
Das alleine, das vermehrt uns.
Mag dies für die Menschen gelten,
Mögen sie uns doch verachten!
Aber du, du sollst uns achten,
Denn du könntest Alle schelten.

Die Erinnerung, daß vor der Gottheit alle Menschen
in ihrer Mangelhaftigkeit gleich sind, kommt vor allen
den Niedrigen zu gute; daraus entsteht jene Teilnahme
an den Vernachlässigten und Verdorbenen, ja an dem
Häßlichen und Bösen, die die Verachtung in Ehrfurcht
umwandelt, weil sie hier die Aufforderung zu dem höchsten
Liebeswerk findet: den bedrohten und halb erstickten Keim
des Guten wieder triebkräftig zu machen. Es ist die
würdigste Vorstellung von der Gottheit, von ihr diese

Liebesthat zu erbitten und von ihr zu glauben, daß sie
durch ein geheimnisvolles Wunder selbst die vorbildlich
vermittelnde Veranstaltung dazu getroffen habe. In solcher
kindlichen Bitte gipfelt das „Gebet des Paria":

> Also Herr, nach diesem Flehen,
> Segne mich zu deinem Kinde!
> Oder Eines laß' entstehen,
> Das auch mich mit dir verbinde!
> Denn du hast den Bajaderen
> Eine Göttin selbst erhoben;
> Auch wir Andern, dich zu loben,
> Wollen solch ein Wunder hören.

Die nun folgende „Legende" ist ein Kunstwerk, wie
es in der Poesie aller Zeiten ohne Gleichen dasteht; selbst
wenn man meint, in die Tiefen dieser herrlichen Dichtung
eingedrungen zu sein, fühlt man sich davon jedesmal aufs
neue überwältigt, weil ihr Gehalt unausschöpflich und
die so lange und so sorgfältig erwogene Form der Dar=
stellung eine absolut vollendete ist. Ein erhabenes Myste=
rium, das die Seele mit ahnungsvollem Schauer durch=
dringt und der verweilenden Betrachtung eine Aussicht
in unendliche Weiten eröffnet! —

Nichts Geringeres hat der Dichter sich zum Zwecke
gesetzt, als die Nacherschaffung eines Mythus, der die
höchsten Heilswahrheiten der Theologie und die letzten
Aufschlüsse der Philosophie in einer wunderbaren Ver=
einigung in sich birgt. So stellt sich das Gedicht jenen
unvergänglichen Gebilden an die Seite, in denen die
Verbindung prophetischen Fühlens und Denkens und
seherischer Phantasie ihr Größtes geschaffen hat.

Nur anzudeuten vermag die Analyse diesen Reich=

tum, von dem jeder einzelne Abschnitt der unver=
gleichlichen Dichtung ein besonderes Kleinod für sich
darbietet.

Wenn die Handlung in der Anlage eine unverkenn=
bare Aehnlichkeit mit der alttestamentlichen Erzählung
vom Sündenfalle aufweist, so ist dieses Motiv doch in
einer gänzlich veränderten und neuen Weise durchgeführt.
Das Gedicht zeigt uns in dem hohen Bramanen und
seiner reinen und schönen Frau ein ideales Menschenpaar
von fleckenlosem Adel der Gesinnung und des Thuns, das
in dieser absoluten Vollkommenheit auch einer halb gött=
lichen Herrschaft über die Naturkräfte genießt; der mühe=
lose, glückliche Genuß der in ihrer Einfachheit so reichen
Gaben der Natur ist aber gebunden an die untadelige
Reinheit des Herzens, das Paradies schwindet mit dem
leisesten Flecken, der diese Reinheit trübt. Daher gesellt
sich in dem Sinne des Bramanen zu der erhabenen Rein=
heit des Wandels, die erworben, nicht anerschaffen ist,
die äußerste Strenge, mit der er sie hütet. Alles das
stellt in dem ersten Abschnitte der Dichtung aus seinen
knapp gefaßten Sätzen, aus seinen einfachen Bildern sich
uns dar:

> Wasser holen geht die reine
> Schöne Frau des hohen Bramen,
> Des verehrten, fehlerlosen,
> Ernstester Gerechtigkeit.
> Täglich von dem heil'gen Flusse
> Holt sie köstlichstes Erquicken;
> Aber wo ist Krug und Eimer?
> Sie bedarf derselben nicht.
> Sel'gem Herzen, frommen Händen
> Ballt sich die bewegte Welle
> Herrlich zu kristallner Kugel

> Diese trägt sie, frohen Busens,
> Reiner Sitte, holden Wandelns,
> Vor den Gatten in das Haus.

Aber sogleich enthüllt der Fortgang der Handlung die beiden größten Gefahren, denen auch die höchste menschliche Vollkommenheit — und grade sie am meisten! — ausgesetzt ist. Höchst tiefsinnig verlegt die Dichtung die eine in den Busen der Frau, die andre in die Brust des Mannes. Nehmen die Gedanken der Gottheit Gestalt an, so ist es die Schönheit, die den Menschen erscheint; und weckt der geistige Gehalt der schönen Erscheinung in der reingestimmten, tief und stark empfindenden Seele die hohe Liebe zum Göttlichen zu erneutem Leben, so ist ihre irdische, sinnenfällige Gestalt doch zugleich auch mächtig, in untrennbarer Vermischung damit die Gewalt des menschlich-eigensüchtigen Triebes aufzuregen, der, wenn auch zurückgewiesen, dennoch durch sein bloßes Dasein genügt, das Bewußtsein göttlich-heiliger Sicherheit der Unschuld zu zerstören. Es ist dieselbe Katastrophe höchstgesteigerten Selbstbewußtseins unschuldiger Seelenreinheit, dieselbe Strenge der stummen Selbstanklage und ihrer äußern Konsequenzen, die Schiller in seiner „Jungfrau von Orleans" an dem Wendepunkt der inneren Handlung darstellt*).

Entstammt diese Gefahr dem Empfinden des Menschen, das durch die Sinne immer an das Irdische geknüpft ist, so unterliegt die selbstgerechte Vernunft des Menschen einer noch schlimmeren Gefahr, wenn sie sich vermißt, mit absolutem Rigorismus aus sich selbst heraus über die Aeußerungen des Lebens ein unwiderrufliches Richteramt zu üben. Beides bringt die Dichtung

---

*) S. des Verfassers Abhdlg. im „Euphorion" I, 1. S. 110 ff.

in ergreifenden Bildern und mit deutlich sich kundgebender
Intention der trotz äußerster Gedrängtheit innerlich aufs
stärkste bewegten Darstellung zum Gefühl.

Heute kommt die morgendliche
Im Gebet zu Ganges Fluthen,
Beugt sich zu der klaren Fläche —
Plötzlich überraschend spiegelt
Aus des höchsten Himmels Breiten,
Ueber ihr vorübereilend,
Allerlieblichste Gestalt
Hehren Jünglings, den des Gottes
Uranfänglich schönes Denken
Aus dem ew'gen Busen schuf;
Solchen schauend, fühlt ergriffen
Von verwirrenden Gefühlen
Sie das inn're tiefste Leben,
Will verharren in dem Anschaun,
Weist es weg, da kehrt es wieder,
Und verworren strebt sie fluthwärts,
Mit unsichrer Hand zu schöpfen;
Aber ach! sie schöpft nicht mehr!
Denn des Wassers heil'ge Welle
Scheint zu fliehn, sich zu entfernen;
Sie erblickt nur hohler Wirbel
Grause Tiefen unter sich.

Arme sinken, Tritte straucheln, —
Ist's denn auch der Pfad nach Hause?
Soll sie zaudern? soll sie fliehen?
Will sie denken, wo Gedanke,
Rath und Hilfe gleich versagt? —
Und so tritt sie vor den Gatten;
Er erblickt sie, Blick ist Urtheil;
Hohen Sinns ergreift das Schwert er,
Schleppt sie zu dem Todtenhügel,
Wo Verbrecher büßend bluten.
Wüßte sie zu widerstreben?
Wüßte sie sich zu entschuld'gen,
Schuldig keiner Schuld bewußt?

Und mit erschütternder Gewalt entwickelt sich nun
der in der knappen Form zusammengedrängte übermächtige
dramatische Gehalt der Handlung. „Ein andres Antlitz,
eh' sie geschehen, ein andres zeigt die vollbrachte That!"
Ein verschärftes, in seinen Tiefen geläutertes sittliches
Bewußtsein stellt dem „Ihr habt gehört, was zu den Alten
gesagt ist" mit unnahbarer Strenge das „Ich aber sage
Euch" gegenüber und verurteilt ohne Berufung die Ge-
dankensünde, ja die Empfindungsirrung. Aber ebenso
tritt der richtenden Gerechtigkeit die unerschöpfliche Gnaden-
fülle der göttlichen Liebe entgegen, und unter den Menschen
die aus dem Bewußtsein der eigenen Fehlbarkeit auf-
keimende verzeihende Milde und die aus dem Empfinden
der göttlichen Liebe strömende hilfsbereite Barmherzigkeit.
Dem Zweifel an dem Vollzug der unnachsichtig aus-
geübten Strenge gesellt sich das äußerlich sich kundthuende
Zeichen ihres irrtümlichen Waltens: ein göttliches Wunder
läßt das Blut an dem Schwerte nicht erstarren, sondern,
immer frisch fließend, ein immer erneutes Zeugnis davon
ablegen, daß es unschuldig vergossen sei. Und einen
mächtigen Anwalt erhält die unschuldig Gerichtete in dem
Sohne, der, indem er der Stimme der Natur, des gläubigen Vertrauens siegreiche Geltung verschafft, die Zweifel
des strengen Richters zur Reue steigert und zu dem Ent-
schlusse, das Geschehene ungeschehen zu machen durch die Aufhebung der verhängten Strafe. Halbgöttliche Wunderkraft
gestattet dem Bramanen, durch das Werkzeug der Strafe selbst,
durch das noch blutige Schwert, den Sohn die Gerichtete wieder
zum Leben erwecken zu lassen. Auch nur von der Seite der
dichterischen Technik betrachtet, reiht sich dieser Abschnitt dem
Prachtvollsten an, was in der Balladenpoesie vorhanden ist:

Und er kehrt mit blut'gem Schwerte
Sinnend zu der stillen Wohnung;
Da entgegnet ihm der Sohn:
„Wessen Blut ist's? Vater! Vater!" —
Der Verbrecherin! — „Mit Nichten!
Denn es starret nicht am Schwerte
Wie verbrecherische Tropfen,
Fließt wie aus der Wunde frisch.
Mutter, Mutter! tritt heraus her!
Ungerecht war nie der Vater,
Sage, was er jetzt verübt." —
Schweige! Schweige! 's ist das ihre! —
„Wessen ist es?" — Schweige! Schweige!
„Wäre meiner Mutter Blut!!!
Was geschehen? Was verschuldet?
Her das Schwert! Ergriffen hab' ich's;
Deine Gattin magst du tödten,
Aber meine Mutter nicht!
In die Flammen folgt die Gattin
Ihrem einzig Angetrauten,
Seiner einzig theuren Mutter
In das Schwert der treue Sohn."
Halt, o halte! rief der Vater,
Noch ist Raum, enteil', enteile!
Füge Haupt dem Rumpfe wieder!
Du berührest mit dem Schwerte,
Und lebendig folgt sie dir.

Und an dieser Stelle benutzt der Dichter den vor=
gefundenen Stoff, um das seltsam starre Gefüge der
Ueberlieferung durch den Anhauch seines Geistes zu einem
überwältigend tiefsinnigen Gleichnis zu beleben. Ihm lag
das Motiv vor, daß das abgeschlagene Haupt der reinen
Brahmanin dem Rumpfe einer verbrecherischen Paria=
frau angefügt wird, und daß die so erstandene Mischgestalt
zu einer Heilgottheit wird, der die Parias als ihrer be=
sonderen Schutzgöttin Verehrung erweisen. Indem nun

Goethe als Einleitung der Trilogie das „Gebet des Paria"
vorausschickt, gestaltet er die gesamte Handlung zu einer
Veranstaltung des allweisen und allgütigen höchsten Gottes,
wodurch er der verstoßenen Niedrigkeit der um Errettung
flehenden Menschheit die Vermittlerin sendet, die den Ver=
irrten und Verlorenen den Weg zur Vereinigung mit ihm
eröffnet und sie vor seinem Antlitz mit den Guten und
Besten in eine Reihe stellt. Es ist schwer, ja fast un=
möglich, die ungeheure Weite der Idee, die Goethe in dem
Gleichnis niedergelegt hat, mit Worten zu bezeichnen, wie
ja denn das Ideelle seiner eigentlichen Natur nach un=
aussprechlich ist; indessen darf die Hindeutung versucht werden.

Die grausenhafte Riesengestalt der durch Brahmas
Willen gräßlich Umgeschaffenen erscheint als das in Eins
zusammengefaßte typische Bildnis des Wesens der
Menschheit, nicht, wie es sein soll, auch nicht, wie es
einst gewesen, sondern wie es thatsächlich ist, wie es
in der gesamten Breite seiner aktuellen Existenz, in der
ganzen Skala seiner Aeußerungen sich darstellt. Neben
dem weisen Wollen der gottähnlichen Vernunft die brutale
Gewalt der fürchterlichsten Instinkte, beides untrennbar
vereint und in tausend und abertausend Mischungsver=
hältnissen sich durchdringend; zum Himmel emporstrebendes
Denken und zur Erde hinabziehendes Begehren! Zwischen
beiden mitten inne stehend, beiden Seiten das Doppel=
antlitz zuwendend, schwebt die schöne Erscheinung mit ihrer
Macht, den Geist zu erheben und die Seele zu verklären,
doch auch die Leidenschaften zu entzünden und die Sinn=
lichkeit aufzustacheln. Solch ein Abbild menschlicher Doppel=
natur erschuf Brahma, damit in dem erschütternden Gleich=
nis ein jeder sich wiederfände, alle ohne Ausnahme von

dem Weisesten der Brahmanen bis zu dem letzten der
Parias; konnte doch auch die reine Brahmanin der von
oben ihr gesandten Verführung nicht entgehen und aus
der Prüfung nicht völlig unberührt hervorgehen; und den
Gatten verführte die hohe Tugend selbst zu der Gewalt=
that, die, einmal geschehen, auch durch die schnell bereite
Sühne in ihren verhängnisvollen Folgen nicht aufgehoben
werden konnte. So der Gedankengang der Konzeption,
über den hinaus die Dichtung selbst die Fülle der daher
entspringenden Ideen hervorzubringen vermag:

> Eilend athemlos erblickt er
> Staunend zweier Frauen Körper
> Ueberkreuzt und so die Häupter;
> Welch Entsetzen! Welche Wahl!
> Dann der Mutter Haupt erfaßt er,
> Küßt es nicht, das todt erblaßte,
> Auf des nächsten Rumpfes Lücke
> Setzt er's eilig; mit dem Schwerte
> Segnet er das fromme Werk.
>
> Aufersteht ein Riesenbildniß. —
> Von der Mutter theuren Lippen,
> Göttlich=unverändert=süßen,
> Tönt das grausenvolle Wort:
> Sohn, o Sohn! Welch Uebereilen!
> Deiner Mutter Leichnam dorten,
> Neben ihm das freche Haupt
> Der Verbrecherin, des Opfers
> Waltender Gerechtigkeit!
> Mich nun hast du ihrem Körper
> Eingeimpft auf ew'ge Tage;
> Weisen Wollens, wilden Handelns
> Werd' ich unter Göttern sein.
> Ja, des Himmelsknaben Bildniß
> Webt so schön vor Stirn und Auge;
> Senkt sich's in das Herz herunter,
> Regt es tolle Wuthbegier.

Immer wird es wiederkehren,
Immer steigen, immer sinken,
Sich verdüstern, sich verklären:
So hat Brama dies gewollt.
Er gebot ja buntem Fittig,
Klarem Antlitz, schlanken Gliedern,
Göttlich einzigem Erscheinen,
Mich zu prüfen, zu verführen;
Denn von oben kommt Verführung,
Wenn's den Göttern so beliebt.
Und so soll ich, die Bramane,
Mit dem Haupt im Himmel weilend,
Fühlen, Paria, dieser Erde
Niederziehende Gewalt.

Und nun die großartige Anwendung des Gleichnisses!
Die drastisch ungeheure Erscheinung von dem verhängnis=
voll gemischten Wesen des Menschen, wie der Schöpfer
es gewollt hat, dient der göttlichen Absicht, beständig dem
höchsten der Menschen es im Bewußtsein lebendig zu er=
halten, wie er dem niedrigsten verwandt, ihm so innig
verbunden, so nahe gesellt ist, und es ebenso dem niedrig=
sten tröstlich vorzuhalten, daß es ihm gestattet ist, zu jenem
aufzusteigen; jenem aber entspringt daraus die heilige
Mahnung, es als seine oberste Pflicht zu erkennen, daß
er diesem zum Emporstreben die hilfreiche Hand biete.
Also nicht die Büßereinsamkeit, auch die unermüdete Ver=
vollkommnung des eignen Selbst ist es nicht, die Brahmas
Willen erfüllt, sondern er erschuf das mahnende Bildnis,
um sich die „thätig ihn Preisenden" zu erwecken, „die
Liebe Beweisenden, brüderlich Speisenden, Predigend
Reisenden, Wonne Verheißenden!"

Sohn, ich sende dich dem Vater!
Tröste! — Nicht ein traurig Büßen,

Stumpfes Harren, — stolz Verdienen
Halt' Euch in der Wildniß fest!
Wandert aus durch alle Welten,
Wandelt hin durch alle Zeiten
Und verkündet auch Geringstem,
Daß ihn Brama droben hört!

Im Gegensatze zu der früheren Gesetzesherrschaft, die
mit der Anrufung Brahmas auch seine Wohlthaten nur
auf einen kleineren Kreis von auserwählten Gerechten
beschränkte, verkündet die neu von ihm geschaffene Göttin,
welche die Erfahrung aller Leiden der Menschheit in sich
aufgenommen hat, die neue frohe Botschaft von seiner
Allbarmherzigkeit:

Ihm ist Keiner der Geringste;
Wer sich mit gelähmten Gliedern,
Sich mit wild zerstörtem Geiste,
Düster, ohne Hilf' und Rettung,
Sei er Brame, sei er Paria,
Mit dem Blick nach oben kehrt,
Wird's empfinden, wird's erfahren:
Dort erglühen tausend Augen,
Ruhend lauschen tausend Ohren,
Denen nichts verborgen bleibt.

In einer ganz eigentümlichen Fassung entwickelt also
die Parialegende den christlichen Erlösungsgedanken un=
mittelbar aus dem Wesen der Menschheit selbst:
aus der Fähigkeit des Menschen, das „Göttliche“ in sich
selbst nicht nur zu ahnen, sondern es in sich selbst zu
finden und aus sich heraus zu üben, und aus seiner
Unfähigkeit, es in sich rein zu erhalten, aus seiner
Gottähnlichkeit und aus seiner Sündhaftigkeit. Aus
der untrennbaren Vermischung beider Naturen in ihm
entsteht das rätselhafte Schicksal, das ihm die Gott=

heit bestimmt hat, das deshalb in alle Zeit hinaus, je
nachdem es angeschaut und empfunden wird, bald zum
glühenden Optimismus stimmen und begeisterte Theodiceen
erwecken wird, bald auch die wilden Anklagen des ver-
zweifelten Pessimismus. Die philosophischen Systeme
werden den letzten, tiefsten Grund des Schicksalrätsels
niemals erhellen; ein ewiges Geheimnis wird die immer
erneute Frage bleiben, warum die Gottheit die ungeheure
Last des Jammers und des Verbrechens über die Menschheit verhängt hat. Es ist vergebene Mühe, dem Un-
erforschlichen nachzusinnen. Es bleibt dem Menschen nur,
das über sein Verstehen und Begreifen Gehende hinzu-
nehmen, aber mit dem Troste, mit dem seine Religion
ihm das Rätsel der Wirklichkeit überliefert, in geheimnis-
voller Form das Unerkennbare seinem Anschauen und
Fühlen enthüllend: mit der tröstlichen Gewißheit, daß
der allmächtig das Weltganze ordnende Wille den Fehlern,
die er dem Wesen des Menschen eingepflanzt hat, auch
die Kraft zuversichtlichen Vertrauens gesellte, daß er selbst
die auferlegte Last ihm abnehmen will.

Die Gewähr dafür stellt die Parialegende in ihrem
eigenartigen und gerade durch seine Einfachheit so tief
bewegenden Symbole dar! Die aus dem Haupte der
Brahmanin und dem Leibe der Pariafrau erschaffene dämo-
nische Riesengottheit, die Brahma so gewollt hat, das Bild
des Menschheitswesens, das die Gottheit so geschaffen hat,
tritt selbst vor Brahma hin als Anwalt des jammer-
belasteten Menschen; in seinem Leiden liegt der Anspruch
seiner Rechtfertigung. Diese Vermittlerin verkündet ihm,
daß das göttliche Erbarmen um sein Leiden die tausend
Augen und die tausend Ohren Brahmas öffnet für alle,

die sich bittend zu ihm wenden. Und ihre Fürsprache
bei Brahma ist wieder nichts andres als der typische Aus=
druck für das thatsächliche Verhalten des Menschen, wenn
er unter dem Drucke des Schicksals den Ruf an die Gott=
heit richtet; das kurze Wort des Dichters umfaßt hier die
ganze Skala von der leise dringenden Bitte bis zu dem
Aufschrei der Verzweiflung.

Und im Einklange mit dieser einfachen Wider=
spiegelung der Menschheitszustände stehen die wunderbar
tief berührenden Schlußverse der „Legende". Anders wie
die mosaische Urkunde, die den Ursprung des Uebels in
einen freien Willensakt des Menschen setzt, den Gott ur=
sprünglich anders angelegt und anders gewollt habe, hat
die „Legende" das Uebel der Menschheit als von der
göttlichen Fügung geordnet dargestellt: „So hat Brahma
dies gewollt!" So schließt das wunderbare Gedicht, in=
dem es darauf verzichtet, für dieses dem Erkennen un=
zugängliche Rätsel durch ein religiöses Symbol eine Lösung
zu geben, und deckt über die ewig grollende Frage den
Schleier des Geheimnisses.

Und so entläßt uns das Gedicht mit einer Wucht
und Fülle der angeregten Ideen und Gefühle, denen
keine Interpretation nachzukommen vermag.

> Heb' ich mich zu seinem Throne,
> Schaut er mich, die Grausenhafte,
> Die er gräßlich umgeschaffen,
> Muß er ewig mich bejammern,
> Euch zu Gute komme das!
> Und ich werd' ihn freundlich mahnen,
> Und ich werd' ihn wüthend sagen,
> Wie es mir der Sinn gebietet,
> Wie es mir im Busen schwellet.

> Was ich denke, was ich fühle —
> Ein Geheimniß bleibe das!

Klingt so im religionsphilosophischen Zweifel über
das ernste, undurchdringliche Welträtsel die Legende düster
aus, so weist die ursprüngliche Anlage des Ganzen als
Trilogie auf den herrlich=friedlich und innig=einfach ver=
söhnenden Schluß, den „Dank des Paria". Unbeküm=
mert um jene abgründigen Tiefen spricht hier das freudige
Gefühl, vor Gott mit allen gleich zu gelten, die glück=
liche Zuversicht, von ihm gehört zu werden, die nicht nur
die Herabgesetzten, sondern alle zugleich mit neuem Leben
erfüllt, und die Bedingung und Grundlage aller wahren
Gottesverehrung, aller echten Religion ist.

> Großer Brama! nun erkenn' ich,
> Daß du Schöpfer bist der Welten!
> Dich als meinen Herrscher nenn' ich;
> Denn du lässest Alle gelten.
>
> Und verschließest auch dem Letzten
> Keines von den tausend Ohren;
> Uns, die tief Herabgesetzten,
> Alle hast du neu geboren.
>
> Wendet Euch zu dieser Frauen,
> Die der Schmerz zur Göttin wandelt!
> Nun beharr' ich anzuschauen
> Den, der einzig wirkt und handelt.

————

Es wäre ein großer Irrtum, zu glauben, daß Goethe
in seinen religiösen Grundüberzeugungen, wie sie zu der
Zeit, da er die „Geheimnisse" dichtete, ihm feststanden,
im späteren Alter eine Wandlung durchgemacht habe.
Solche Aeußerungen, wie die von „dem Märchen von

Chriſtus" in dem oben citierten Brief an Herder, die
manchen auf den erſten Blick verletzen können, finden ſich
auch in der ſpäteren und ſpäteſten Zeit bei ihm ſehr
vielfältig. So wenn er in den „Sprüchen" mit Bezug
auf die „Apokrypha" ſagt: „Wichtig wäre es, das
hierüber hiſtoriſch ſchon Bekannte nochmals zuſammenzu=
faſſen und zu zeigen, daß gerade jene apokryphiſchen
Schriften, mit denen die Gemeinden ſchon die erſten
Jahrhunderte unſerer Aera überſchwemmt wurden, und
woran unſer Kanon noch jetzt leidet, die eigent=
liche Urſache ſind, warum das Chriſtenthum in
keinem Momente der politiſchen und Kirchen=
geſchichte in ſeiner ganzen Schönheit und
Reinheit hervortreten konnte." Und wo er
hinaus will, zeigt ſogleich der folgende Spruch: „Das
unheilbare Uebel dieſer religiöſen Streitigkeiten beſteht
darin, daß der eine Theil auf Märchen und leere Worte
das höchſte Intereſſe der Menſchheit zurückführen will,
der andere aber es da zu begründen denkt, wo ſich Nie=
mand beruhigt." Gleichwohl meinte er ſich als einen der
wenigen echten Chriſten betrachten zu dürfen. Ganz in
demſelben Sinne, wie er in dem oft citierten Briefe an
Lavater (29. Juli 1782) einſt von ſich ſagen konnte:
„Ich bin zwar kein Widerkriſt, kein Unkriſt aber doch ein
dezidirter Nichtkriſt", ſo äußert er im hohen Greiſenalter
ſich zu dem Kanzler v. Müller (am 7. April 1830):
„Sie wiſſen, wie ich das Chriſtenthum achte, oder Sie
wiſſen es vielleicht auch nicht; wer iſt denn noch heut zu
Tage ein Chriſt, wie Chriſtus ihn haben wollte? Ich
allein vielleicht, ob ihr mich gleich für einen Heiden
haltet." Wie das zu verſtehen ſei, iſt in dem berühmten

Gespräch mit Eckermann vom 11. März 1832 klar zu erkennen. „Sobald man die reine Lehre und Liebe Christi, wie sie ist, wird begriffen und in sich eingelebt haben, so wird man sich als Mensch groß und frei fühlen und auf ein bischen so oder so im äußern Cultus nicht mehr sonderlichen Werth legen. — Auch werden wir alle nach und nach aus einem Christenthum des Worts und Glaubens immer mehr zu einem Christenthum der Ge=sinnung und That kommen." In den Evangelien erkennt er „den Abglanz einer Hoheit, die von der Person Christi ausging, von so göttlicher Art, wie nur je auf Erden das Göttliche erschienen ist. Fragt man mich, ob es in meiner Natur sei, ihm anbetende Ehrfurcht zu erweisen, so sage ich: Durchaus! Ich beuge mich vor ihm, als der göttlichen Offenbarung des höchsten Princips der Sittlichkeit. Fragt man mich, ob es in meiner Natur sei, die Sonne zu verehren, so sage ich abermals: Durch=aus! Denn sie ist gleichfalls eine Offenbarung des Höchsten, und zwar die mächtigste, die uns Erdenkindern wahrzunehmen vergönnt ist. Ich anbete in ihr das Licht und die zeugende Kraft Gottes, wodurch allein wir leben, weben und sind, und alle Pflanzen und Thiere mit uns. Fragt man mich aber, ob ich geneigt sei mich vor einem Daumenknochen des Apostels Petri oder Pauli zu bücken, so sage ich: Verschont mich und bleibt mir mit euern Absurditäten vom Leibe!"

Daraus geht denn auch sein Standpunkt gegenüber den kirchlichen Symbolen und „Geheimnissen" hervor. „Das Licht ungetrübter göttlicher Offenbarung ist viel zu rein und glänzend, als daß es dem armen, gar schwachen Menschen gemäß und erträglich wäre. Die Kirche aber

tritt als wohlthätige Vermittlerin ein, um zu dämpfen und zu
ermäßigen, damit allen geholfen und damit vielen wohl werde."

Und in der Einleitung zu dem „Versuch einer
Witterungslehre" (1825) heißt es: „Das Wahre, mit
dem Göttlichen identisch, läßt sich niemals von uns direkt
erkennen, wir schauen es nur im Abglanz, im Beispiel,
Symbol, in einzelnen und verwandten Erscheinungen;
wir werden es gewahr als unbegreifliches Leben und können
dem Wunsch nicht entsagen, es dennoch zu begreifen."

Wie natürlich, daß er, wo es ihm darauf ankam,
höchste sittliche Wahrheiten dem Empfinden und Ahnen
lebendig zu machen, zu jenen bedeutenden Symbolen griff,
die er, so gut und so herrlich er es mit der griechischen
Mythe verstanden hatte, mit der Glut seines Fühlens
und mit dem Feuer seines Geistes beseelte. Zu seiner
Hand wurden sie bildsamster Stoff der Poesie, wie er
andrerseits ihre Entstehung auf einen dem poetischen
Schaffen durchaus analogen Prozeß zurückführte. Und
da redet der Unverstand von katholisierender Richtung
und von Weihrauchnebel des Mysticismus! Freilich sagt
Goethe es selbst, daß „der Greis sich immer zum Mysticismus bekennen wird"; allein er sagt das einzig in dem
Sinn, daß eine lange Erfahrung den Kreis desjenigen
erweitert, „was trotz wunderbarer Erscheinung sich dennoch nicht allein als möglich sondern als wirklich erweist,
wodurch das Reich des Zufalls mehr und mehr eingeschränkt
erscheint, und das Vertrauen wächst in den, der da ist,
der da war und der da sein wird"*).

Und so hätte er ja wohl gegen den Glauben an die

---

* Vgl. Sprüche, 629.

mystischen Religionssymbole als an Wirklichkeiten nicht
so viel einzuwenden, wenn sie nur nicht, in den Händen
der Priester wie in den Herzen der Gläubigen, so äußerst
gefährlich würden, je mehr bei abnehmendem Verständnis ihr Wert in ihrer zufälligen Form
gesucht würde statt in ihrem ewigen Gehalt.
Die Geschichte gibt davon reichliche Zeugnisse, und zwar
auf ihren allerschwärzesten Blättern. Deswegen war
Goethe, bei aller Pietät für diese Zeugnisse eines frommen
und ahnungsvollen Sinnes, ein so entschiedener Gegner
des Bestrebens, das Wesen und den Bestand irgend einer
Religion und so auch der christlichen, vor allem in den
Glauben an jene Symbole als an historische Wahrheiten
zu setzen. Und deswegen war er so eifrig bemüht, in
jenen Darstellungen als den unerfindbaren und daher
unschätzbaren Hüllen, in denen die Geheimnisse des Unbegreiflichen für die Anschauung und das Empfinden
sinnenfällig gemacht sind, der Geist sichtbar gemacht ist,
diesen ihren inneren Gehalt, aus dem sie entstanden,
aufzufinden und ihn aufs neue für das Erkennen und
für das Empfinden zu beleben. Das war der Grundgedanke, aus dem die Konzeption der „Geheimnisse"
damals in den achtziger Jahren hervorging, und dem er
immer getreu blieb; wie denn in der bloßen Zusammenstellung der Anwendung dieses Verfahrens auf mythische
Symbole der verschiedensten Völker und aus den verschiedensten Zeiten schon eine mächtige Förderung seines
Bestrebens wirksam werden mußte. Von solchem Gesichtspunkte aus betrachtet, bedarf die Zusammengehörigkeit der
indischen Balladen mit den „Geheimnissen" dann weiter
keines äußeren Zeugnisses mehr.

Und auch deswegen will er die Symbole der religiösen Geheimnisse durchaus nicht als historische Wahrheiten angesehen wissen, weil sie ihre unermeßlichen Wirkungen im Gemüte haben und sie nur hier äußern sollen. Um Wissen und um den Anspruch, die Wahrheit in irgend einer bestimmten Form zu besitzen, kann es sich hier nie handeln. „Liebes Kind," sagte er zu Eckermann (8. März 1831), „was wissen wir denn von der Idee des Göttlichen, und was wollen denn unsere engen Begriffe vom höchsten Wesen sagen! Wollte ich es, gleich einem Türken, mit hundert Namen nennen, so würde ich doch noch zu kurz kommen und im Vergleich so grenzenloser Eigenschaften noch nichts gesagt haben."

Daher rühmt er von seinem Bruder Marcus in den „Geheimnissen", daß er voll Demut und „ohne Streben nach dem Unerreichbaren" war; das heißt also ohne die Anmaßung, allein in dem Besitz der Wahrheit zu sein, und daher frei davon, das Heil in transcendentalen Spekulationen zu suchen, und dem rechthaberischen Streit darüber unzugänglich.

In den Aufsätzen „Zur Morphologie" findet sich ein kleines Stück, überschrieben: „Freundlicher Zuruf"; dort heißt es:

„Eine mir in diesen Tagen wiederholt sich zudringende Freude kann ich am Schlusse nicht verbergen. Ich fühle mich mit nahen und fernen, ernsten, thätigen Forschern glücklich im Einklang. Sie gestehen und behaupten, man solle ein Unerforschliches voraussetzen und zugeben, alsdann aber dem Forscher selbst keine Grenzlinie ziehen."

„Muß ich mich denn nicht selbst zugeben und voraussetzen, ohne jemals zu wissen, wie es eigentlich mit mir beschaffen sei? studire ich mich nicht immerfort, ohne mich jemals zu begreifen, mich und Andere? Und doch kommt man fröhlich immer weiter und weiter!"

„So auch mit der Welt! Liege sie anfang= und endelos vor uns, unbegrenzt sei die Ferne, undurchdring= lich die Nähe; es sei so; aber wie weit und wie tief der Menschengeist in seine und ihre Geheimnisse zu dringen vermöchte, werde nie bestimmt noch abgeschlossen."

www.ingramcontent.com/pod-product-compliance
Lightning Source LLC
Chambersburg PA
CBHW020800020726
47495CB00008B/2515